EL CABALLERO DE
LAS ESPUELAS DE ORO
RETABLO JOVIAL

ALEJANDRO
CASONA

EL CABALLERO DE LAS ESPUELAS DE ORO

RETABLO JOVIAL

Séptima edición

COLECCIÓN AUSTRAL

ESPASA-CALPE

Ediciones especialmente autorizadas por el autor para

COLECCIÓN AUSTRAL

Primera edición:	*1 -*	*VII*	*- 1965*
Segunda edición:	*8 -*	*I*	*- 1972*
Tercera edición:	*11 -*	*VI*	*- 1976*
Cuarta edición:	*20 -*	*III*	*- 1978*
Quinta edición:	*15 -*	*IX*	*- 1980*
Sexta edición:	*18 -*	*XI*	*- 1982*
Séptima edición:	*1 -*	*III*	*- 1985*

Maqueta de cubierta: Enric Satué

Depósito legal: M. 3.830—1985

ISBN 84—239—1358—9

Impreso en España
Printed in Spain

Acabado de imprimir el día 1 de marzo de 1985

Talleres gráficos de la Editorial Espasa-Calpe, S. A.
Carretera de Irún, km. 12,200. 28049 Madrid

ÍNDICE

EL CABALLERO DE LAS ESPUELAS DE ORO

PRIMER TIEMPO

SEGUNDO TIEMPO

RETABLO JOVIAL

EL CABALLERO DE LAS ESPUELAS DE ORO

RETRATO DRAMÁTICO EN DOS TIEMPOS, DIVIDIDO EN OCHO CUADROS

Tiempo primero: en Madrid, en los últimos años de Felipe III

Tiempo segundo: veinte años más tarde, bajo Felipe IV, en Madrid y en Villanueva de los Infantes

Esta obra se estrenó en el Teatro Bellas Artes, de Madrid, la noche del 1 de octubre de 1964 con el siguiente

REPARTO

PERSONAJES DEL DRAMA

Don Francisco de Quevedo	José María Rodero
Hermano Mayor	Guillermo Hidalgo
Hermano I	Víctor Meras
Hermano II	Juan de Amézaga
Hermano III	Rafael Calvo
Hermano IV	Simón Cabido
Hermano V	Numa Pompilio
Pacheco	Ramiro Benito
Baltasar	Juan J. Otegui
Forastero	José Sacristán
Hostelero	Miguel Granizo
Soldado 1.º	Antonio Ayudarte
Soldado 2.º	Víctor Roca
Doña-Doña	Julia Lorente
Montalbán	José Bruguera
Anselmo	Francisco Carrasco
La Moscatela	Asunción Sancho
Monna Laura	Esperanza Grases
Conde-Duque de Olivares	Javier Loyola
Capitán	Antonio Ayudarte
Pedro	Juan F. Margallo
Diego	Rafael Calvo
Lorenza	María Álvarez
Sanchica	María José Goyanes

Soldados, jugadores y alguaciles

PERSONAJES DEL SUEÑO

Archidiablo	Antonio Medina
Don Diego de Noche	Juan de Amézaga
El Alma de Garibay	José Sacristán
El Poeta de los Pícaros	Víctor Meras
El Rey que Rabió	Miguel Granizo
Pero Grullo	Guillermo Hidalgo
El Otro	Ramiro Benito
El Bobo de Coria	Juan J. Otegui
Perico de los Palotes	Miguel Ángel Thomas
El Sastre del Campillo	Francisco Rodríguez
La Muerte	Esperanza Grases

Diablos menores

«La estatua del padre sería ociosa idolatría si sólo acordara de lo que hizo el muerto y no amonestara lo que debe hacer el vivo.»

(QUEVEDO: *Marco Bruto*, I.)

PRIMER TIEMPO

CUADRO PRIMERO

Un figón de grandes toneles, hierros labrados y maderas desnudas, todo lo hospitalario que puede caber en el inhóspito Madrid de Felipe III. Sótano con un tramo de escalera a la calle

(*En una mesa, al fondo, soldados y rufianes juegan dados. En otra grande, al centro, los Cofrades de la Risa se van reuniendo ritualmente: uno es manco, otro lleva un parche en un ojo. Todos tienen palidez de hidalguía y hambre.* DOÑA-DOÑA, *con un cestillo al brazo y arregazada la falda de las siete faltriqueras, pregona monótonamente su mercadería de mesa en mesa. El* FORASTERO, *montañés rico, termina su cena en un rincón. Va y viene el* HOSTELERO.)

VOCES DE JUGADORES.—Van cuatro de plata. —Subo a ocho. —Topo. —¡Hostelero!...

HOSTELERO.—¡Va!

DOÑA.—Compren, hidalgos. La hierba de olvidar, el filtro de amor para la desdeñosa, la piedra «oftalma» para saber si lo que va a nacer es hembra o varón... Compren, hidalgos...

SOLDADO.—Aparta, bruja, que me echas mal de ojo. Ya vendrás después por el barato.

VOZ EN LA CALLE.—¡Agua vaaa...!

(Entra un COFRADE. *Se dirige a la mesa como a una capilla.)*

COFRADE 1.º—Dios os guarde, hermanos.

TODOS.—Hermano, con Él vengáis. ¿Tinto?

COFRADE 1.º—Tinto.

(Alzan los vasos y beben en riguroso silencio.)

DOÑA.—El coral macho para salvarse en el mar, la varita para encontrar tesoros escondidos, la piedra venusina y el contraveneno... ¡Toda la vida y toda la muerte en mis siete faltriqueras!

FORASTERO.—Hostelero...

HOSTELERO.—Va.

FORASTERO.—Una pregunta, con licencia. ¿Quién es esa mujer?

HOSTELERO.—¡Doña-Doña! ¿No la habéis oído nombrar?

FORASTERO.—Soy nuevo en la corte.

HOSTELERO.—Muy nuevo tenéis que ser para no haber oído de ella.

FORASTERO.—¿Tan famosa es?

HOSTELERO.—Si traéis la bolsa repleta y ganas de darle aire, nadie os ayudará mejor. *(Llama.)* ¡Doña-Doña!

DOÑA.—Voy, hijo. *(Pasa junto a la mesa de la Cofradía pregonando.)* Las últimas coplas con la prodigiosa historia de la Margravina de Holanda.

HOSTELERO.—Tía señora: aquí tienes un español que no había oído nunca tu nombre.

DOÑA.—Entonces ¿forastero? Bien se echa de ver que traes los ojos aprendices. ¿Qué quieres saber?

(Se retira el HOSTELERO.)

FORASTERO.—¡Tantas cosas! Por ejemplo, ¿esa mesa...?

(Entra el COFRADE 2.º)

COFRADE 2.º—Dios os guarde, cofrades.

TODOS.—Cofrade, con Él vengáis. ¿Tinto?

COFRADE 2.º—Tinto.

(Beben ritualmente.)

FORASTERO.—¿Quiénes son esos hidalgos que beben tan en silencio?

DOÑA.—Son de la Cofradía de la Risa. Hoy es sábado y les toca.

FORASTERO.—¿Les toca qué?

DOÑA.—Reír. Solamente se ríen los sábados.

FORASTERO.—¿Es una promesa?

DOÑA.—Al diablo que los entienda. Mírelos bien: el que no ha perdido un brazo en Flandes, ha perdido el color en Panamá. Tienen penas de sobra para llorar la semana entera, y después, los sábados, vienen aquí a reírse juntos.

FORASTERO.—¿Locos?

DOÑA.—Poetas. Gente de mucho vino y poco pan. ¿Es eso todo lo que te importa aquí?

FORASTERO.—Lo que me importa es vuestra mercadería. ¿Qué coplas son esas que pregonáis?

DOÑA.—El caso nunca visto de la Margravina de Holanda, que, en castigo de Dios por burlarse de una gitana que tuvo siete mellizos, parió trescientos sesenta y cinco hijos. ¡Uno por cada día del año!

FORASTERO.—No serían muy robustos.

DOÑA.—Como ratoncitos blancos: la mitad hembras y la mitad varones. El capellán que los bautizó, por miedo a no encontrar nombres bastantes, puso a todos los varones Juan, y a todas las hembras, María: María Primera, María Segunda, María Tercera... Aquí tienes la historia completa por cuatro maravedís. *(Le tiende el pliego.)*

FORASTERO.—Vaya por las Marías. Pero a la hora del «agua va» y en un sitio de hombres como éste, ¿es eso todo lo que vendéis, tía?

DOÑA.—*(Maliciosa.)* Eso depende de la parroquia. Cuando hay soldados vendo la rueda de la fortuna;

cuando hay estudiantes, la hierba para saber lo que sueña la mujer querida; cuando hay viejos, la piedra «afrodisia», y cuando hay frailes y niños, rosquillas de ajonjolí. *(Ríe.)*

FORASTERO.—¿Nada más, tía señora? *(Baja la voz.)* ¿Y cuando hay forasteros solos con las sábanas frías?

DOÑA.—¡Mala centella te queme, archimaldito! ¿Conque era eso lo que buscabas? ¿No sabes que está prohibido con pena de picota? *(Cambia bruscamente a un tono confidencial.)* Tengo casa a la vuelta, en Cantarranas.

FORASTERO.—¿Carne fresca?

DOÑA.—Dos tórtolas recién llegadas, que todavía les huelen a campo las enaguas. *(Entra* PACHECO *con* BALTASAR, *su criado de respeto.* DOÑA-DOÑA, *al verlo, vuelve a su pregón monótono.)* Las coplas de la Margravina de Holanda. La hierba «afrodisia»...

BALTASAR.—Ya os advertí que no era lugar para vos semejante figón.

PACHECO.—La cara es mala, pero dicen que la cocina bien lo vale.

(Toman mesa, acude el HOSTELERO.*)*

HOSTELERO.—Excelencia.

PACHECO.—¿Qué puedo comer en tu casa mejor que en la mía?

HOSTELERO.—Poca cosa, señor. Hoy, como sábado, duelos y quebrantos.

PACHECO.—¿Vigilia de vigilia? ¡No en mis días! Tengo bula.

HOSTELERO.—En ese caso, mi pastel de perdiz al vino blanco tiene fama en cien leguas.

PACHECO.—Veremos si la confirma esta noche.

VOCES DE JUGADORES.—Envido a cinco. —Doblo. —Topo y tengo.

(Tiran dados. Entra el HERMANO MAYOR. *Todos los cofrades se levantan.)*

HERMANO MAYOR.—Cofrades, Dios os guarde.

TODOS.—Con Él vengáis, Hermano Mayor.

COFRADE 1.º—¿Tinto?

HERMANO MAYOR.—Tinto. *(Beben de pie.)* ¿Estamos la mitad más uno?

COFRADE 1.º—Estamos.

HERMANO MAYOR.—Queda abierta la sesión. *(Agita un gran cencerro. Todos se sientan.)* Señores...

(Llega corriendo el COFRADE 3.º *con un pliego.)*

COFRADE 3.º—Un instante, Hermano Mayor, un instante... Hay a la puerta un neófito que solicita ingreso en la Cofradía. Aquí está el memorial.

HERMANO MAYOR.—¿Un memorial? Veamos.

(Interrumpen voces de disputa en la mesa de juego.)

VOCES.—¡Alto digo! Esos dados están cargados. —¡Mentís! —¡Mentís vos!

HERMANO MAYOR.—*(Tonante.)* ¡Silencio! *(Agita su cencerro.)* Veamos. «Hoy a no sé cuántos, de no sé qué mes, de no sé qué año, el abajo firmante, hijo de sus obras y padrastro de las ajenas; hombre de bien nacido para mal, y de tan buena fama que podría echarse a dormir si no le faltaran mantas: dice que habiendo llegado a su conocimiento la constitución de esa Cofradía de la Risa, y atento a que es hombre dado al diablo, prestado al mundo y encomendado a la carne, rasgado de ojos y de conciencia, corto de vista como de ventura, negro de cabello como de dicha, y tan quebrado de color como de piernas... *(Suspende la lectura.)* Hermanos, ¿a qué seguir? En toda España no hay más que un hombre que escriba así. ¿Es él?

COFRADE 3.º—¡Es!

HERMANO MAYOR.—¿Y ahí le tienes, esperando a la puerta como un doctrino? ¡Adelante, don Francisco de Quevedo!

(QUEVEDO *baja la escalera arrastrando su pierna. Los cofrades salen a su encuentro entre abrazos y algazara.*)

VOCES.—Don Francisco... ¿Maestro!

QUEVEDO.—Compañeros... Amigos...

DOÑA.—¡Dichosos los ojos, mi señor!

QUEVEDO.—¿Tú también, Doña-Doña? ¿Qué vendes hoy, carne prohibida o rosquillas de ajonjolí?

DOÑA.—Para mi señor, toda la tierra y el mar.

HERMANO MAYOR.—Pero ¿qué gran novedad es ésta? Yo os creía en Sicilia.

COFRADE 1.º—Por los mentideros corrió la voz de que estabais preso en Uclés.

COFRADE 2.º—Otros decían que desterrado.

COFRADE 3.º—Y otros, que cautivo de los hugonotes en Marsella.

QUEVEDO.—Pues todos mienten y aciertan, porque he estado preso en Uclés, vengo de Sicilia y en Marsella me han detenido los hugonotes. Pero no es obligatorio que esté siempre preso o desterrado. Ya veis que, de vez en cuando, hasta yo estoy en libertad.

HERMANO MAYOR.—Gaudeamus, hermanos. Hostelero: jamón de Andújar para toda la cofradía.

QUEVEDO.—Y bien salado, que necesitamos mucha sed para todo lo que pensamos beber. ¿Qué vinos tienes?

HOSTELERO.—De todos, lo mejor. El pardillo de Luque, que es sangre de uva; el nuevo de la Membrilla, que todavía sabe a vendimia; el tostado de Esquivias, que calienta como una moza...

QUEVEDO.—Despacio, falsificador de viñas. No pongas tus vinos tan por las nubes, no se nos llenen de agua. ¿Esquivias?

TODOS.—Esquivias.

HERMANO MAYOR.—En celebración de bienvenida propongo que el maestro sea nombrado sin más trámites cofrade de honor.

TODOS.—Amén.

QUEVEDO.—Lo agradezco, pero no puedo aceptar. Quiero ser sometido a las mismas pruebas que todos.

HERMANO MAYOR.—¿Exigís el examen?

QUEVEDO.—Es la ley.

HERMANO MAYOR.—En ese caso, abramos capítulo. *(Agita el cencerro. Voces de los jugadores.)*

VOCES.—¡Van siete de plata! —¡Van catorce!

DOÑA.—*(Grita.)* Silencio los tahúres, que va a hablar mi señor.

(Silencio. Poco a poco los jugadores van abandonando sus dados y haciendo coro de mirones.)

HERMANO MAYOR.—Caballero Quevedo: ¿declaráis conocer y prometéis respetar los estatutos de la Cofradía?

QUEVEDO.—Declaro y prometo.

HERMANO MAYOR.—¿Podríais resumirlos en cuatro palabras?

QUEVEDO.—Puedo. «Español, ¿tienes hambre? ¡Hazte de la Cofradía de la Risa! Español, ¿la justicia te persigue? ¿Los impuestos te agobian? ¿Tu mujer te engaña? ¡Hazte de la Cofradía de la Risa! Precio, un vaso de buen vino.» Afortunadamente, somos el pueblo del mundo donde se ríe más barato.

HERMANO MAYOR.—¿Qué méritos alega el neófito para su ingreso?

QUEVEDO.—Ser el hombre de peor fortuna que ha nacido de madre.

HERMANO MAYOR.—¿Tan negra es la vuestra?

QUEVEDO.—Tanto que, a falta de tinta, bien podría escribir con ella. Nací una noche con luna de dos maravedís, que por tratarse de mí no quiso llegar a un «cuarto». El martes ya había terminado y el miércoles no había empezado todavía, que ninguno de los dos quiso cargar conmigo. Mis estrellas fueron el León, que me dio su cuartana, y el Escorpión, que me dio su lengua. Amigos no tengo ninguno; enemigos los tengo todos. Las mujeres, unas me piden y otras me despiden; y si alguna me quiso fue tan poco, que hasta de olvidarme se olvidó. Nací con los ojos dobles y tartamudo de piernas. No hay cosa que yo piense al derecho que no me salga al revés. Las tejas que van a caer, siempre esperan a que pase yo. Si yo estudiara medicina, nadie se pondría enfermo; si vendiera zapatos, todos andarían descalzos. ¡Y hasta creo que si un día quisiera ser cornudo, tropezaría con mujer honrada!

VOCES.—¡Bravo! Es nuestro... ¡Nuestro!

HERMANO MAYOR.—Como ejecutoria no puede pedirse más. En cuanto al examen de ingenio, la Cofradía queda en libertad de preguntar.

(Se sienta. Los preguntadores van levantándose por turno con gesto de cátedra.)

COFRADE 1.º—Caballero Quevedo: ¿qué es lo mejor y lo peor que tiene España?

QUEVEDO.—Lo mejor, sus grandes poetas. Lo peor, sus poetas güeros, chirles y sabandijas.

COFRADE 1.º—¿Qué remedio proponéis contra ese mal?

QUEVEDO.—Imponer temporadas de veda a las Musas como a los cazadores. Y a los poetas públicos señalarles casas de arrepentidos y fechas con prohibición de ejercer, como a las mujeres públicas en Semana Santa.

(Se sienta el COFRADE 1.º, *se levanta el* 2.º.)

COFRADE 2.º—Caballero Quevedo: entre tantos poetas, ¿cuáles consideráis los más nocivos?

QUEVEDO.—Los de ninfa y pastor, contra los cuales debería dictarse una pragmática ordenándoles descartarse inmediatamente de Júpiter, Venus y Neptuno, so pena de tenerlos por abogados a la hora de su muerte.

COFRADE 2.º—¿Y los menos peligrosos?

QUEVEDO.—Los poetas hortelanos, que todo lo resuelven con verduras, atestando los senos de azucenas, los labios de claveles y el aliento de jazmines.

COFRADE 3.º—Caballero Quevedo: ¿creéis, como dice el vulgo, que la riqueza es una bendición de Dios?

QUEVEDO.—En modo alguno. Para comprender lo poco que a Dios le importa el dinero, basta ver a quién se lo da.

DOÑA.—¡Bendita boca de sabiduría!

HERMANO MAYOR.—*(Cencerro.)* ¡Silencio, Doña-Doña!

COFRADE 4.º—Caballero Quevedo: ¿podríais contestarme con una sola palabra a una pregunta sobre el matrimonio?

QUEVEDO.—Probemos.

COFRADE 4.º—¿Qué es lo peor que puede tener una mujer casada?

QUEVEDO.—La madre.

(Risotadas, aplausos, cencerro. El FORASTERO *se levanta.)*

FORASTERO.—Hermano Mayor: sin ser de la Cofradía, ¿puedo hacer una pregunta yo?

HERMANO MAYOR.—Si sois forastero, sí.

FORASTERO.—Acabo de llegar de mi tierra de la Montaña para pretender en la corte, y quisiera saber cuáles son las mejores armas para luchar aquí.

QUEVEDO.—Para medrar en la corte son cuatro las virtudes cardinales: la gala sin hacienda, la sangre teñida, la adulación y la alcahuetería. Si no las tienes, ya puedes volverte a tu Montaña.

HERMANO MAYOR.—Último turno. Caballero Quevedo: ¿cuáles son nuestros peores enemigos?

QUEVEDO.—Los tontos del mundo entero.

HERMANO MAYOR.—¿Cuántas clases de tontos hay en Madrid?

QUEVEDO.—Tres principales, a saber: los necios, los majaderos y los modorros.

HERMANO MAYOR.—¿Podríais definir cada una?

QUEVEDO.—Necios son los que se conocen al pensar. Majaderos los que se conocen al hablar. Modorros los que se conocen con sólo mirar. Finalmente, hay los que estando acostados con una mujer se vanaglorian de sus hazañas con otra. Ésos son necios, majaderos y modorros.

HERMANO MAYOR.—Capítulo cerrado. ¿Némine discrepante?

TODOS.—¡Némine!

(Cencerro. Todos en pie.)

HERMANO MAYOR.—A partir de este momento, la Cofradía de la Risa tiene un hermano más: don Francisco de Quevedo.

(Le abraza. Júbilo. Aplausos, felicitaciones. El HOSTELERO *sirve.)*

DOÑA.—Dejad que también le abrace yo, que no todo han de ser hermanos.

(Al pasar, el soldado joven la aparta violentamente.)

SOLDADO.—¡Aparta, bruja emplumada!

DOÑA.—¿Emplumada yo?

SOLDADO.—Tú, que siempre me traes mal de ojo y en cuanto te veo no hago más que perder.

DOÑA.—¿Mis ojos son culpables? Pido perdón. ¿Falté? Dame castigo. ¿Quieres más?

SOLDADO.—Que te vayas, vieja de Satanás.

DOÑA.—Ya voy, hijo, ya voy, que eres muy mozo y más te puede la sangre que la razón. Bien dijo el que dijo: «Peligroso animal son veinte años.»

SOLDADO.—*(Amenazador.)* ¿No callarás, arpía?

QUEVEDO.—Calma, mancebo, que la vejez da licencia para hablar. Y a las mujeres que no se pueden estimar por lo que son hay que estimarlas por lo que fueron, como a la pasa porque fue uva y al vinagre porque fue vino.

DOÑA.—Aprende, hijo.

SOLDADO.—Yo no he pedido consejos. ¡Y no vuelvas a llamarme hijo, que con tu oficio no es ninguna lisonja!

QUEVEDO.—*(Terminante.)* ¡Basta, soldado! Tú, a tus dados. Tú, Doña-Doña, a tu negocio. Y tengamos la fiesta en paz. *(Levanta su vaso.)* ¡A la salud de la Cofradía!

TODOS.—¡A la salud del nuevo hermano! *(Beben.)*

HERMANO MAYOR.—Si no recuerdo mal, desde aquella famosa cuchillada que os obligó a marchar, son cinco los años que faltáis de la tierra. ¿Siempre en Sicilia?

QUEVEDO.—Sicilia, Nápoles, Venecia...

COFRADE 1.º—¿Y es cierto que aquellos hombres son tan astutos y tan crueles como es fama?

QUEVEDO.—No sabría responder. Las italianas son tan hermosas que no dejan ver a los italianos.

COFRADE 2.º—¿Cómo habéis encontrado la tierra al volver?

QUEVEDO.—Demasiados hidalgos en andrajos. Demasiados soldados inválidos mendigando su pan.

HERMANO MAYOR.—¿Más miseria que en Italia?

QUEVEDO.—No es lo mismo. En Italia, como es tierra caliente, la miseria se siente menos. Un pobre en verano no es tan pobre como en invierno.

COFRADE 1.º—Confesémoslo: somos un país en ruina. Ya se acabaron los galeones de oro.

QUEVEDO.—No, los galeones son los mismos; lo que ocurre es que hemos perdido el mar. ¿Dónde está ahora el oro de las Indias? Los hombres de América lo cargan, los barcos españoles lo transportan y después los piratas ingleses se lo reparten.

HERMANO MAYOR.—Sin embargo, nunca ha habido en la corte tanto lujo. El Prado de San Jerónimo está lleno de coches, y cada mujer hermosa lleva encima más oro que un galeón.

QUEVEDO.—Demasiado. Y no siempre a cuenta del marido. Por eso hay tantos mansos engordando al sol.

COFRADE 2.º—Es la eterna cantilena contra los tiempos nuevos: las mujeres vendidas y los maridos mantenidos. ¿No habrá sido siempre así?

QUEVEDO.—Antes no. En tiempo de nuestros abuelos, los cornudos eran tan pocos que se los enseñaban a los forasteros. Hoy son tantos que, si esto sigue, algún día veremos arar los campos con maridos.

(PACHECO *se levanta crispado.*)

PACHECO.—¿Puede oírse esto en silencio?

BALTASAR.—Prudencia, señor. No os dejéis arrastrar a una disputa indigna de vos.

PACHECO.—(*Se acerca a la mesa de la Cofradía, dirigiéndose resueltamente a* QUEVEDO.) Con licencia. Desde que vuestra merced entró estoy oyendo tales atrocidades que apenas puedo dar crédito a mis oídos. Quiero suponer que, más que infamias, son errores de buena fe, y en este caso aquí estoy para ayudaros a devanecerlos.

(QUEVEDO *se cala sus insolentes anteojos.*)

QUEVEDO.—Espero con el mayor placer vuestras revelaciones. ¿Tinto?

PACHECO.—No, gracias. En primer lugar, os equivocáis al creer que el oro de las Indias no nos llega porque hemos perdido el mar. Nuestro amadísimo rey ha renunciado a él por una simple razón: ¿por qué ir a buscar tan lejos lo que tenemos en nuestras propias aguas? ¿Ignoráis acaso que el Segre, el Darro y el Sil arrastran en su corriente piedras de oro como nueces?

QUEVEDO.—Perdón. No sabía que nuestros ríos padecieran tan precioso mal de orina. (*Risas sofocadas.*) ¿Y en segundo lugar?

PACHECO.—En segundo lugar, ¿os parece caballeroso hacer semejante escarnio de los maridos burlados, poniendo en la picota como una vergüenza lo que no pasa de ser una desgracia?

QUEVEDO.—Perdón otra vez, señor. Yo no he hecho escarnio de esa clase de maridos. Al contrario, lo que me dan es envidia.

PACHECO.—¿Envidia?...

QUEVEDO.—Pues ¿no es de envidiar que en una corte

como la nuestra, llena de sabios y poetas, sean ellos los únicos que pueden ganarse la vida con su cabeza? *(Carcajada general.* BALTASAR *se lleva a* PACHECO, *tratando de calmar su ira desconcertada.)*

BALTASAR.—Por vuestra dignidad, señor, calma..., calma...

(La Cofradía escandaliza golpeando la mesa con los vasos volcados y vacíos.)

HERMANO MAYOR.—¡Hostelero! ¡Otro azumbre, que llegó la sequía!

HOSTELERO.—¡Volando! *(Acude con la cántara.)*

COFRADE 1.º—¿Por quién se brinda? ¿Por los maridos?

QUEVEDO.—¡Por las mujeres, siempre!

COFRADE 2.º—¿Por las italianas o por las españolas?

QUEVEDO.—Por todas. Por las más altas y las más bajas; por las busconas y las grandes damas; por las hermosas y las feas, que tanto vale una fea de noche como una hermosa de día. *(Beben.)* Por todas... menos por las que hablan latín.

HERMANO MAYOR.—¡Ah, por lo visto ya habéis tropezado con esa peste nueva de las cultas latiniparlas!

QUEVEDO.—¡Y qué peste, inmenso Dios! ¿Hay desvarío como el de esas espiritadas que, para estar a la moda, han dado en hablar a lo dificultoso, llamando a la nieve «armiño de frío»; al queso, «cecina de leche», y a los huevos, «los blancos globos de la mujer del gallo»?

HERMANO MAYOR.—La culpa no es suya; es de ese maldito Góngora que hoy es el gran tirano de las letras.

QUEVEDO.—¿Vuestro tirano ese que ha inventado construir el castellano al revés, como si fuera un latín mal traducido? Pues siendo así, ¿qué espera la Cofradía para rendirle homenaje? Hermanos, propongo tres carcajadas en su honor.

TODOS.—¡Aceptado!

(Rumores. Expectación. Cencerro. Nuevamente los jugadores dejan su mesa para acercarse a oír. El HERMANO MAYOR *se levanta.)*

HERMANO MAYOR.—Carcajada primera en honor de Góngora:

Salió Marramaquiz, gato romano,
con un penacho rojo, verde y bayo,
de un muerto por sus uñas papagayo.

(Carcajada.)

COFRADE 1.º—Carcajada segunda en honor de Góngora:

Trepó el furioso gato a la espetera
derribando sartenes y asadores,
y con estas demencias y furores
en una de fregar cayó caldera.

(Carcajada.)

QUEVEDO.—Carcajada tercera en honor de Góngora:

«Si quisieres ser "culto" de repente
la jeri... (aprenderás)... gonza siguiente:
Nácar, púrpura ya, canora arpía,
émulo adunco, argento coruscante,
pira, palestra, métrica armonía,
pulsa aljófar, livor... líquido errante.»

(Gran carcajada general. Aplausos. Los jugadores vuelven a sus dados comentando.)

HERMANO MAYOR.—La verdad es que en nuestros días no hay cosa mejor para reír que ciertos libros.

QUEVEDO.—Y los más cómicos suelen ser los que se pretenden más solemnes. ¿Habéis leído el de Pacheco de Narváez sobre *La ciencia de la espada*?

HERMANO MAYOR.—¿Quién no lo ha leído, si no se habla de otra cosa? El rey ha dado el ejemplo, y hoy todos los caballeros van a su academia como los estudiantes a Alcalá.

QUEVEDO.—Pero ¿cabe nada más ridículo que un caballero con la espada del honor en la mano, calculando ángulos, diámetros y perpendiculares? ¡Ah, no! Muchas virtudes habremos perdido, pero permitir que la espada se estudie en la academia como una lección de matemáticas, ¡jamás!

(Nuevamente PACHECO *se levanta y avanza contra el consejo de su ayo.)*

BALTASAR.—Dominaos, señor... Salgamos...

(PACHECO *llega a la mesa de* QUEVEDO.)

PACHECO.—Excusadme una vez más. Os he oído tronar contra nuestras damas cultas y contra el más grande de nuestros poetas, y he callado. Pero ahora veo que vais a empezar con Pacheco de Narváez, y eso sí que no os lo puedo tolerar.

QUEVEDO.—¿Puedo saber por qué?

PACHECO.—Porque Pacheco de Narváez soy yo.

QUEVEDO.—¿Vos...? *(Se levanta.)* Bendito Dios que os puso por fin en mi camino. ¿De manera que he estado toda mi vida creyendo que la espada era un arte que cabe entero entre el brazo y el coraje, y ahora resulta que es una ciencia de cátedra?

PACHECO.—Una ciencia exacta, que algún día llegará a estudiarse como la *Geometría del caballero.*

QUEVEDO.—Me gustaría encontrar a alguien que pudiera demostrármelo.

PACHECO.—En mi libro se demuestra. Cien conclusiones probadas científicamente con textos de Euclides y de Aristóteles.

QUEVEDO.—Sólo hay una demostración valedera. Vos tenéis una espada. Yo tengo otra. Y los presentes son todos hidalgos que pueden ser testigos.

PACHECO.—¿Es un desafío?

QUEVEDO.—Os pido simplemente una lección.

PACHECO.—Mis discípulos los elijo yo. Y además cobro caro. ¿Sabéis que hasta de Francia vienen a verme caballeros que pagan un doblón por una lección mía?

QUEVEDO.—*(Tira un doblón sobre la mesa.)* Si no es más que eso, podemos empezar. ¡Abrid campo!

(En un abrir y cerrar de ojos, los cofrades apartan mesa y sillas abriendo liza, ruedan cántaros y vasos. DOÑA-DOÑA *grita aterrada.)*

DOÑA.—No, por tu alma, mi señor. ¡Ténganlos, que se matan! *(Trata de salir.)*

HERMANO MAYOR.—¡Quieta, Doña-Doña! De aquí no sale nadie.

DOÑA.—¡Yo sí! ¿O crees que no me sé el cuento de memoria? Los hidalgos se injurian, los hidalgos se baten, los alguaciles llegan..., y al final, todas las honras para los hidalgos y todos los palos para Doña-Doña. ¡Déjame! *(Corre gritando.)* ¡Ah de la justicia, que se matan dos hombres!... ¡Ah de la justicia!

(Cofrades y jugadores forman semicírculo.)

QUEVEDO.—Vamos, señor Pacheco. ¿No os estáis haciendo esperar demasiado?

PACHECO.—Guardad esas bravatas para los vuestros. Yo sólo me bato con mis iguales. Vamos, Baltasar.

HERMANO MAYOR.—Pensadlo, señor. Sois el maestro de armas de la corte. Si no aceptáis el lance, mañana lo sabrá todo Madrid, y vuestros nobles discípulos pueden creer que no fue el desdén la única razón.

PACHECO.—¿Cuál otra podría ser?

HERMANO MAYOR.—Por ejemplo, el miedo.

PACHECO.—¿Miedo yo a un espadachín del Parnaso? Entre poetas, las únicas estocadas temibles son las de la pluma, y nunca la sangre llega al río. ¡Paso!

QUEVEDO.—Después. Primero, la lección.

PACHECO.—Por un escándalo tuvisteis que marchar, ¿y ya queréis otro al volver? ¿No sois vos aquel Quevedo que un día de Jueves Santo, en plena iglesia de San Martín, acuchilló a un hombre?

QUEVEDO.—No. Yo soy aquel Quevedo que un día de Jueves Santo, en plena iglesia de San Martín, defendió a una mujer.

PACHECO.—Pues si queréis repetir la suerte, hacedlo con uno de los vuestros. Yo no desciendo a reyertas de figón. ¡Paso, digo!

QUEVEDO.—*(Se interpone resuelto.)* ¡No hay paso! Antes necesito saber de verdad por qué os negáis a cruzar vuestra espada conmigo.

PACHECO.—No me obliguéis a decir lo que no quisiera.

QUEVEDO.—Lo exijo.

PACHECO.—Pues bien: yo, espada mayor de Su Majestad, no puedo aceptar batirme con un pobre lisiado. *(Ademán de salir.)*

QUEVEDO.—*(Pálido.)* Alto, señor Pacheco. Habéis pronunciado una palabra que sólo tengo derecho a pronunciar yo. Y ahora ya es tarde para recogerla. *(Desenvaina.)* ¡En guardia!

PACHECO.—¡Sea!

(Riñen. PACHECO *domina el arma serenamente, como un gran maestro.* QUEVEDO *ataca con más fuego y coraje. La espada de* PACHECO *salta.)*

QUEVEDO.—Lo siento. Parece que por esta vez falló Aristóteles. *(Recoge la espada y se la tiende.)* Veremos si con Euclides tenéis más suerte.

(Riñen de nuevo. Se oye en la calle el estrépito de la ronda que acude con armas y linternas. La espada de PACHECO *cae por segunda vez en el momento en que los alguaciles entran.)*

ALGUACIL.—¡Alto al rey! ¡Alto! ¿Qué escándalo de armas es éste?

QUEVEDO.—No es nada, señores. Es el ilustre Pacheco de Narváez, maestro de espada de Su Majestad, que me estaba dando una lección. Gracias, señor.

TELÓN

CUADRO SEGUNDO

Pequeña sala en la hospedería de Quevedo. Pocos muebles. Cuero y madera. Muchos libros. En la chimenea arde siempre fuego. A un lado, ventana a la calle

(QUEVEDO *escribe. Se oye la campanilla.* ANSELMO, *criado, cruza para abrir.*)

QUEVEDO.—No estoy para nadie. Ya he perdido la mañana entera recibiendo pedigüeños, y la tarde la necesito para mí.

ANSELMO.—Bien, señor. (QUEVEDO *escribe consultando libros. Vuelve* ANSELMO.) Señor, parece cosa de importancia. No sé qué de un amigo y una infamia que sólo vos podéis atajar.

QUEVEDO.—¿Quién es?

ANSELMO.—El señor don Alonso Pérez de Montalbán.

QUEVEDO.—¿Pérez de Montalbán?.. No será el librero.

ANSELMO.—El mismo, señor.

QUEVEDO.—¡Ah!, de manera que el librero Alonso Pérez es ahora el «señor don», y por si fuera poco, «de Montalbán». ¿No pudo ponerse un nombre más largo para venir a verme? Pues que pase, que yo se lo dejaré otra vez a su medida. *(Voz alta.)* ¡Adelante, adelante!

(Entra, severo y digno, MONTALBÁN. ANSELMO *se retira.)*

MONTALBÁN.—Señor...

QUEVEDO.—Ante todo entendámonos: os habéis hecho anunciar como el señor don Alonso Pérez de Montalbán, y como el «don» no lo tenéis y el Montalbán lo añadís vos, vamos claros y dejémonos de cháncharras-máncharras. ¿Qué quiere de mí el librero Alonso Pérez?

MONTALBÁN.—Sé que tenéis grandes resentimientos contra los de mi profesión.

QUEVEDO.—Solamente los justos: no hay peor enemigo del libro que el librero.

MONTALBÁN.—Esperaba y temía este recibimiento. Por eso he vacilado mucho antes de venir a vuestra casa.

QUEVEDO.—Si queréis volveros atrás, la puerta está abierta.

MONTALBÁN.—Es inútil que derrochéis conmigo vuestras insolencias. Lo que me trae aquí vale más que yo, y por mucha humillación que me cueste no me volveré hasta que me hayáis oído.

QUEVEDO.—¿Tan importante es para vos?

MONTALBÁN.—Si fuera para mí no habría venido. Es para un amigo.

QUEVEDO.—Grande ha de ser esa amistad. Dicen los sabios que por el amigo hay que llegar hasta las puertas mismas del infierno.

MONTALBÁN.—No es bastante. Un amigo verdadero sólo se encuentra una vez en la vida. Y cuando se encuentra no basta acompañarle hasta la puerta del infierno: si es preciso, hay que entrar con él.

QUEVEDO.—¿Y vos tenéis un amigo así? Entonces, perdón..., creo que me he equivocado. ¿Me permitís volver a empezar? *(Le indica un asiento.)* Señor don Alonso Pérez de Montalbán, ¿en qué puedo serviros?

MONTALBÁN.—Gracias, señor. *(Se sienta.)*

QUEVEDO.—¿Conozco yo a ese amigo?

MONTALBÁN.—Le habéis dedicado un hermoso soneto.

QUEVEDO.—¿Compañero de letras?

MONTALBÁN.—Compañero.

QUEVEDO.—¿Su nombre?

MONTALBÁN.—Lope de Vega.

QUEVEDO.—¡Cómo! Lope el triunfador, el vendaval del teatro, del amor y la gloria, Lope el monstruo ¿necesita algo de este pobre escritor al que los libreros no quieren publicar sus libros?

MONTALBÁN.—Si hay alguien que en este momento pueda salvarle, sois solamente vos.

QUEVEDO.—Sepamos de qué se trata.

MONTALBÁN.—¿Habéis leído un panfleto contra él, que corre de mano en mano, titulado *La Spongia?*

QUEVEDO.—Acabo de regresar de Italia y es la primera noticia que tengo.

MONTALBÁN.—Es un libelo inmundo, chorreante de veneno y de pus, en que todos los escritores de la corte se ensañan contra él colmándole de injurias. Y no les basta destrozarle como poeta, sino que atropellan su vida privada sacando a la plaza pública las más vergonzosas intimidades.

QUEVEDO.—Despacio, despacio, que no acabo de comprender. ¿No es Lope el orgullo de Madrid y el encanto de damas y señores?

MONTALBÁN.—Nadie como él.

QUEVEDO.—¿No es el descubridor, el conquistador y el colonizador del teatro español?

MONTALBÁN.—Ésa es su obra.

QUEVEDO.—¿No mantiene su casa y sus hijos trabajando de sol a sol?

MONTALBÁN.—Como un esclavo.

QUEVEDO.—Entonces, ¿por qué le odian tanto sus compañeros?

MONTALBÁN.—Porque tiene éxito, señor.

QUEVEDO.—Y Lope, que tantas veces escuchó el aplauso, ¿no puede por una vez escuchar serenamente la injuria?

MONTALBÁN.—Cien veces la ha escuchado con desdén. Pero ahora no es un perro el que ladra. ¡Es una jauría rabiosa! Y no se trata ya de su arte; se trata de su casa, de su amor y su paz. Se ha visto tan solo de repente, que por primera vez ha sentido miedo. Afortunadamente, el caballero Quevedo está otra vez aquí. Si Quevedo saca por él su espada y su pluma, todos esos valentones correrán desbandados como sabandijas a su agujero. Esto es lo que he venido a suplicaros, señor. Lope no lo sabe.

QUEVEDO.—*(Pausa reflexiva.)* Bien está. ¿Quiénes firman ese libelo?

MONTALBÁN.—En realidad, todos los famosos.

QUEVEDO.—¡Nombres!

MONTALBÁN.—El primer firmante —simple testaferro—, el doctor Rámila.

QUEVEDO.—¡Bah!, un pedante de cátedra, sonoro como un cántaro vacío.

MONTALBÁN.—Juan de Jáuregui.

QUEVEDO.—Un pintor aficionado a la poesía y un poeta aficionado a la pintura.

MONTALBÁN.—Alarcón.

QUEVEDO.—Una doble joroba llena de hiel.

MONTALBÁN.—Cervantes.

QUEVEDO.—¿Cervantes? ¿Tan viejo está que se deja arrastrar así? Es triste.

MONTALBÁN.—¿No os he dicho que son todos? Y a la cabeza de todos, Góngora.

QUEVEDO.—¡Ah, también está ese hígado en figura de hombre, que le mires por donde le mires, siempre hace esquina? No podíais ofrecerme nada mejor. Me gusta que mis enemigos tengan talento.

MONTALBÁN.—Entonces, ¿quiere decir que aceptáis?

QUEVEDO.—Acepto.

MONTALBÁN.—Gracias, señor. Estaba seguro.

QUEVEDO.—No; seamos leales: lo que me mueve, más

que el amor a la justicia, es el asco de la cobardía. No puedo sufrir ese espectáculo de todos contra uno. Veremos si se atreven contra dos.

MONTALBÁN.—¿Puedo decírselo a Lope?

QUEVEDO.—No, es mejor que no lo sepa. Le admiro profundamente; creo que es el más grande de nuestro tiempo; y si yo pudiera tener un amigo, uno solo, sería él. Pero, desdichadamente, no puedo quererle como le admiro.

MONTALBÁN.—¿Hay algo que os separe de él?

QUEVEDO.—Su servilismo con los grandes señores. Cuando se ha llegado a su gloria, ¿pueden perdonársele esas cartas de mendigo al duque de Sessa pidiéndole de rodillas dos varas de paño?

MONTALBÁN.—Eran para su hijo, que no tenía con qué cubrir las carnes.

QUEVEDO.—¡Ni aun así! Los hijos de los albañiles saben andar con las nalgas al aire sin mendigar. ¿O es que nuestros poetas tienen menos orgullo que nuestros albañiles?

MONTALBÁN.—Últimamente se siente tan solo...

QUEVEDO.—¡Tendrá que aprender! Lope tiene todas las virtudes de su pueblo, menos ésa: la soledad. Solitaria fue nuestra mística. Solitarios nuestros navegantes y nuestra poesía. Castilla entera es una estepa de soledades. ¡Lope no! Él no sabe vivir si no es a gritos, rodeado de amigos y mujeres, de aplausos y de gloria. Él necesita estar lleno de gente como sus comedias... Y ése es su único enemigo verdadero. Si un día Lope aprendiera la soledad, sería un español total.

OSCURO

CUADRO TERCERO

En el oscuro se oyen gritos de mujer. Inmediatamente, rumores de riña, choque de armas y voces que se acercan gritando: «¡Alto a la justicia!» «¡Alto!» Después, carreras. Las voces se van perdiendo lejos. Vuelve la luz. Fuera se oye llover copiosamente
Estamos en la misma hospedería, de noche. El fuego de la chimenea ilumina vagamente la escena desierta. Se abre bruscamente la puerta

(QUEVEDO *aparece sujetando a una mujer joven y hermosa,* LA MOSCATELA, *que grita, tratando de desprenderse.*)

MOSCATELA.—¡Suelta! ¡Suéltame!
QUEVEDO.—¡Silencio!
MOSCATELA.—¡Suelta!
QUEVEDO.—¡Silencio digo! *(Le tapa violentamente la boca con el brazo.)* ¡Anselmo!
(Aparece a medio vestir el criado con un velón.)
ANSELMO.—¿Qué ocurre, mi señor?
QUEVEDO.—Ayúdame a sujetar a esta tigresa.
ANSELMO.—Ya no hace falta. Ha perdido el sentido.
QUEVEDO.—Más vale así. *(La lleva a un sillón junto al fuego. Habla mientras empapa un paño y le frota las*

sienes.) Deja la luz y asómate. ¿Hay alguaciles en la calle?

ANSELMO.—Ya se pierden lejos, persiguiendo a alguien. ¿Qué significa esto, señor? ¿Una riña? ¿Un rapto?

QUEVEDO.—Un poco de todo. Un rufián la estaba apaleando brutalmente. Tuve que espantarlo a cintarazos y a ella meterla a la fuerza en el zaguán cuando llegó la ronda.

ANSELMO.—Pero ¿será maldición que os paséis la vida sacando vuestra espada por mujeres desconocidas?

QUEVEDO.—Por lo visto, entre las que conozco, no hay ninguna que lo valga. Atiza ese fuego. Tiene la ropa empapada.

(Le quita suavemente el manto, que pone a secar. Trueno lejano y relámpago. Lluvia fuerte. La mujer empieza a recobrarse.)

ANSELMO.—Parece que ya vuelve en sí. ¿Qué hacemos?

QUEVEDO.—Nada. Cuando las mujeres vuelven en sí, lo primero es dejarlas llorar.

MOSCATELA.—¿Quién me ha traído a esta casa?

QUEVEDO.—Yo.

MOSCATELA.—¿Y tú quién eres? ¿Y por qué me has traído aquí a la fuerza?

QUEVEDO.—Supuse que no querrías cuentas con los alguaciles.

MOSCATELA.—*(Sobresaltada de pronto.)* ¿Y él?

QUEVEDO.—A él, según corría, no habrá galgo que le alcance.

MOSCATELA.—¿Tú le has visto? ¿Le has visto correr estando yo delante? Entonces, pobre de mí... Me cortará la cara... ¡Me matará! *(Llora desconsoladamente.)*

QUEVEDO.—No será tanto. Conozco a esos matones de embeleco: sólo tienen la espada para hacer ruido. Pero ¿estás temblando?

ANSELMO.—Es el frío, que se le ha metido dentro. Un tazón de vino caliente con una cucharada de miel, y mano de santo.

QUEVEDO.—Pues ¿qué esperas? Trae para los dos. (*Tiende también al fuego su capa. Sale* ANSELMO.) Arrímate a la lumbre. En mi casa podrá faltar cualquier cosa, pero fuego nunca. ¿Quién era esa mala bestia que te apaleaba?

MOSCATELA.—El Escarramán. Viviendo en estos barrios, lo habrás oído nombrar.

QUEVEDO.—Famoso rufián. ¿Por qué te pegaba? ¿Celos o dinero?

MOSCATELA.—Las dos cosas.

QUEVEDO.—Malas son las dos para estar juntas. ¿Tiene algún derecho sobre ti ese hombre?

MOSCATELA.—Es el mío. Si no fuera él, ¿quién me defendería de los otros?

QUEVEDO.—Magnífico defensor. Y naturalmente, a medias en tus ganancias.

MOSCATELA.—¿A medias? ¿Crees que se iba a conformar sólo con eso?

QUEVEDO.—Pero entonces es un despojo intolerable. Por menos hay galeotes apaleando sardinas con los remos. ¿No has pensado nunca denunciarle a la justicia?

MOSCATELA.—A los alguaciles les da su parte el Escarramán.

QUEVEDO.—Pero la justicia no son los alguaciles. Por encima de ellos está el regidor.

MOSCATELA.—Al regidor le dan su parte los alguaciles.

QUEVEDO.—¡Bravo! Y tú sola, ¡a trabajar para el Escarramán, para los alguaciles y para el regidor!

MOSCATELA.—Siempre ha sido así.

QUEVEDO.—Todas las cosas han sido siempre así, hasta que hay alguien que dice ¡basta!

MOSCATELA.—Ya otras lo han intentado alguna vez, y al día siguiente tenían la cara marcada con un jabeque. Después, con la cara marcada no hay manera de trabajar.

QUEVEDO.—Pero si no sacudes ese miedo, siempre estarás atada. ¿No sientes dentro de ti que tu sangre quiere ser libre?

MOSCATELA.—¿Para qué? ¿Libre para morirme de hambre en una esquina? ¿Libre para cambiar de Escarramán? No, gracias. Si no tienes nada mejor, guárdate tu libertad y déjame seguir viviendo.

QUEVEDO.—En una palabra, ¿tendré que pedirte perdón por haberte defendido?

MOSCATELA.—Sé que lo hiciste con la mejor intención. Pero si tú no te hubieras metido, a estas horas ya habría pasado todo, y el Escarramán y yo estaríamos, con medio azumbre y una baraja, riéndonos hasta la madrugada. ¡Si por lo menos supiera dónde encontrarle!

QUEVEDO.—Entonces, ¿estás enamorada?

MOSCATELA.—Acostumbrada. Las noches son largas y las mujeres no sabemos vivir solas. Pero ahora tú le has hecho huir delante de mí y eso ellos no lo perdonan. Mañana me mata..., ¡por estas cruces que me mata! *(Llora.* QUEVEDO *ríe, crispado y amargo.)*

QUEVEDO.—¿Oís esto, Cofrades de la Risa? Vosotros, los que llamáis a estas mujeres damas de alquiler y hembras al trote, recatonas del sexto y cadenas de lujuria, jornaleras de cópulas y ninfas del toma y daca. ¡Mirad a lo que queda reducido todo eso: a un pequeño montón de barro, lleno de miedo y de frío!

MOSCATELA.—*(Se levanta inquieta.)* ¿Con quién hablas?

QUEVEDO.—¿No lo ves? Conmigo. Una mujer es una hermosa disculpa para hablar solo en voz alta.

MOSCATELA.—*(Toma el manto.)* Déjame salir. Me das miedo.

QUEVEDO.—¿Miedo por qué?

MOSCATELA.—Porque dices cosas que no comprendo. ¡Déjame!

QUEVEDO.—Después, cuando cese la lluvia. Tu manto está empapado. Déjalo todavía secar. *(Se lo quita nuevamente. Vuelve* ANSELMO *con jarra y tazas.)* Primero beberemos juntos un poco de vino caliente con miel. Esto te volverá el alma al cuerpo. Puedes retirarte, Anselmo.

ANSELMO.—Buenas noches, señor. *(Sale.)*

QUEVEDO.—Bebe. *(Le sirve. Levanta su taza.)* ¡Por la hermosa desconocida! *(Beben los dos.)* ¿Qué miras tan fijamente?

MOSCATELA.—Tu sortija. ¿Es de las que se abren, cierto?

QUEVEDO.—Cierto

MOSCATELA.—¿Qué llevas dentro? En esas sortijas sólo se lleva un filtro de amor o un retrato de mujer.

QUEVEDO.—Y a veces también un veneno.

MOSCATELA.—¿Veneno...? *(Se incorpora mirando con recelo la taza.* QUEVEDO *ríe.)*

QUEVEDO.—Tranquilízate. Es un retrato. Dame tu taza. *(Cambia la taza con ella.)* ¿Así?

MOSCATELA.—Gracias.

(Beben los dos.)

QUEVEDO.—¿Tienes miedo todavía?

MOSCATELA.—No sé qué pensar de ti. Eres un hombre extraño. Me das tu lumbre y tu casa sin pedirme nada... Bebes conmigo como si yo fuera una de las vuestras... Y antes, cuando me quitaste el manto, me apretaste los hombros de una manera... no sé.. como a un niño pequeño. ¿Por qué?

QUEVEDO.—*(Sonríe.)* ¿También te da miedo que no te pidan nada y que te traten bien?

MOSCATELA.—Me da miedo todo lo que no conozco.

QUEVEDO.—Vamos, bebe tranquila y hablemos como dos buenos amigos.

MOSCATELA.—Tú y yo no podremos serlo nunca. No hablamos lo mismo. Tú, por lo que veo, eres hombre de leer y escribir. ¿De qué puedes hablar con una mujer como yo que ni siquiera sabe distinguir las letras?

QUEVEDO.—¿Te parece poco? En estos tiempos de bachilleras latinas, ¡una mujer que no ha leído jamás un libro! Es decir, una mujer que no tiene más errores que los suyos propios. Y solamente los que necesita para vivir, como la calandria o la raposa.

MOSCATELA.—¿Lo ves? Tú hablas y hablas, y yo no entiendo lo que dices. Seguramente, cuando yo hablo, tampoco me entiendes tú.

QUEVEDO.—¿Qué podríamos hacer para entendernos?

MOSCATELA.—Mírame. Lo que no comprendo de ti son las palabras. Los ojos te los entiendo mejor.

QUEVEDO.—Pues bebamos juntos... mirándonos... *(Beben.)* Y ahora empecemos nuestra amistad por el principio. ¿Cómo te llamas?

MOSCATELA.—La Moscatela.

QUEVEDO.—No digo tu nombre de oficio. El verdadero.

MOSCATELA.—Casilda. Pero es un nombre feo, de pueblo. En el trabajo hay que llamarse por las señas, como la Relumbres o la Bermeja. O nombres de señorío, como la Cesarina o la Borbona. Y si la figura lo autoriza, la Mariscala.

QUEVEDO.—Entonces, entre nosotros, Casilda. Me gusta más.

MOSCATELA.—No, no lo repitas. Si un hombre estando conmigo me llamara Casilda, me acordaría de pronto de las vendimias y las romerías... y ya no podría trabajar en paz. Llámame como todos, la Moscatela.

QUEVEDO.—También es un lindo nombre. ¿Por qué te lo pusieron?

MOSCATELA.—No lo sé bien. Unos dicen que por el color de los ojos. Otros, que por los pocos años que entonces tenía.

QUEVEDO.—¿Cuántos?

MOSCATELA.—Catorce.

QUEVEDO.—¿Y a esa edad te trajeron a esto? ¿Quién te trajo?

MOSCATELA.—Una prima mía, mayor, que cuando el año del hambre se hizo cargo de mí. Ella me enseñó el oficio y me puso con el Escarramán.

QUEVEDO.—Y a ella, ¿quién la había traído?

MOSCATELA.—A ella la desgració en el pueblo una tropa que pasaba para Flandes. Después vino con otra tropa que pasaba para Andalucía.

QUEVEDO.—¡Admirable colaboración de la tropa!

MOSCATELA.—¿Y tú, cómo te llamas?

QUEVEDO.—Yo, Francisco, como todo el mundo.

MOSCATELA.—No, tú no eres como todos. Tú tienes cara de hidalgo y mirar de buena ley. ¿Es tuya esta casa?

QUEVEDO.—La mía está en la Mancha, al pie de Sierra Morena. Esto es una hospedería.

MOSCATELA.—¿Vives solo? ¿Sin mujer?

QUEVEDO.—¿Tengo yo cara de casado?

MOSCATELA.—¿Quién te cuida cuando estás malo?

QUEVEDO.—Tengo un buen criado. *(Se levanta. Pasea sin mirarla.)*

MOSCATELA.—¿Quién te hace la comida y te sirve la mesa?

QUEVEDO.—Madrid está lleno de tabernas.

MOSCATELA.—Pero vivir siempre de taberna y de hospedería, ¿no te cansa?

QUEVEDO.—Mortalmente.

MOSCATELA.—¿Y entonces...?

QUEVEDO.—Entonces se cambia de hospedería y de taberna.

MOSCATELA.—¿Y es posible vivir así, siempre solo? ¿Siempre, siempre...?

QUEVEDO.—*(Crispada la voz.)* ¡Sí, sí, sí! Si tanto te interesa, estoy solo desde que nací. En Alcalá éramos tres mil estudiantes y yo estudiaba solo. ¡En la corte escribimos trescientos, y yo escribo solo! He vivido y vivo y viviré solo hasta mi última soledad... ¡y no me arrepiento! ¿Estás satisfecha ya?

MOSCATELA.—*(Humilde.)* ¿Por qué me hablas así, Francisco? ¿Qué te he hecho yo?

QUEVEDO.—*(Se domina.)* Nada..., perdón. No era contigo. Es que me crispa hablar de mí. *(Vuelve junto a ella.)* Bebamos juntos otra vez. Y hablemos de ti, sólo de ti. *(Levanta su taza.)* ¡Por tus romerías y por tus vendimias! *(Beben.)* Pero te siguen temblando las manos. ¿Es frío todavía?

MOSCATELA.—*(Se levanta angustiada.)* No, ahora es por él.

QUEVEDO.—¿Por el Escarramán?

MOSCATELA.—En este momento andará buscándome cada vez más furioso. Y mañana, cuando me encuentre, ¿qué va a ser de mí?

QUEVEDO.—Pierde cuidado. Te necesita más que tú a él. ¿De qué viviría si no el valentón?

MOSCATELA.—No te burles de él. El pobre también hace lo que puede en lo suyo.

QUEVEDO.—¿Qué es lo suyo?

MOSCATELA.—Antes era un bravo famoso; pero un mal golpe le quitó las bizarrías y ahora ya sólo puede alquilarse para venganzas y espantos.

QUEVEDO.—Ya. Conozco los precios: chirlo en la cara, veinte reales; cuchillada de día y de costado, cuatro escudos; de noche y por la espalda, media tarifa. ¿Y ése es el hombre que te hace temblar? Deja que me lo lleve yo a un lugar apartadizo, y con dos palabras bien dichas te juro que no vuelve a poner los pies por estos barrios.

MOSCATELA.—¡Separarnos no! Déjame. Tengo que encontrarle.

QUEVEDO.—Pero entonces, ¿le quieres?

MOSCATELA.—¡Si lo supiera yo misma! Ya te dije que las mujeres no sabemos vivir solas. Al apagar la luz necesitamos una voz de hombre que nos diga en la oscuridad: «Buenas noches, Moscatela.» Si no, no se puede dormir. ¡Déjame salir!

QUEVEDO.—Por esta noche olvídale. Mañana todo habrá pasado.

MOSCATELA.—No. Gracias por tu lumbre y tu vino con miel; pero la noche es mi trabajo y no puedo perderla junto al fuego.

QUEVEDO.—No la habrás perdido. Toma.

MOSCATELA.—¿Oro...? ¿Un doblón de a dos? Nunca un hombre me había dado tanto por una noche.

QUEVEDO.—Tampoco a mí ninguna mujer.

MOSCATELA.—No, no puede ser. ¿Por qué un doblón? ¿Y por qué sin habérmelo ganado?

QUEVEDO.—Queda tranquila, que bien ganado está. *(Enciende un candil en la lumbre y se lo entrega.)* Ahora que ya tienes seca la ropa, entra en ese aposento. Ahí encontrarás una gran cama limpia esperándote.

MOSCATELA.—*(Vacila.)* ¿Y tú...?

QUEVEDO.—Yo escribiré aquí hasta que salga el sol. Duerme sin miedo; cuando soples la luz, yo te diré en la oscuridad: «Buenas noches, Moscatela.»

MOSCATELA.—*(Le mira largamente.)* No consigo comprenderte. Siento que estás queriendo hacer algo por mí..., no sé..., algo... Pero entonces, ¿por qué desde que entré no has hecho más que ofenderme?

QUEVEDO.—¿Yo te he ofendido?

MOSCATELA.—Tú. Primero burlándote de todo lo mío. Después, queriendo separarme del único hombre que me hace compañía. ¡Hasta me has propuesto traicionar a mi gente y pasarme al lado de los alguaciles! *(Deja el candil. Avanza.)* Y ahora, ¿por qué me ofendes otra vez rechazándome como mujer? ¡Contesta! ¿Por qué?

QUEVEDO.—Podría contestar: «Porque estás en mi

casa y eres mi huésped.» Podría contestar: «Porque separándonos ahora habrá sido una noche inolvidable.» Quizá podría decirte más aún: «Porque toda tú eres una tentación, y a este terrible egoísta le da miedo entregarse.» Pero es inútil tratar de explicar. Tenías razón, Moscatela: entre tantos millares de palabras, tú y yo no tenemos una sola que signifique lo mismo.

MOSCATELA.—No quieras enredarme con palabras. Mírame y contesta: ¿Tengo amarillos los dientes? ¿Tengo olor de mujer sucia? ¿Tengo sarna en los dedos o costras en la piel?

QUEVEDO.—No hay en ti nada que no sea hermoso.

MOSCATELA.—Entonces, ¿por qué cuando llega el momento me apartas como a una apestada? ¿Por qué me tiras tu doblón a la cara y no me dejas ganármelo con mi trabajo? ¿Por qué?

QUEVEDO.—*(Ahogado.)* ¡Basta!

MOSCATELA.—*(Más fuerte.)* ¡No basta! ¡Y no escondas los ojos! Me has traído a tu casa por lástima, como a un perro recogido en la calle. ¡Y yo no quiero lástimas! Yo podré ser lo que sea, pero antes que nada soy una mujer, ¿lo oyes? Una mujer. ¡Si tu doblón es una limosna, guárdalo para tus pobres! *(Lo tira sobre la mesa.)*

QUEVEDO.—¿Quieres callar de una vez? *(La abraza con furia repentina, besándola intensamente. Después se domina. La aparta con suave energía.)* Ahora te lo suplico, vete.

MOSCATELA.—*(Humilde, sin voz.)* Voy. *(Toma su manto. Le mira largamente.)* Entonces... ¿adiós?

QUEVEDO.—*(Sin mirar.)* Adiós..., Casilda.

MOSCATELA.—¿Por qué, Francisco?... ¿Por qué? *(Sale ahogando un sollozo y cubriéndose con el manto.)* ¿Por qué?

(QUEVEDO *queda inmóvil, respira hondo. La lluvia arrecia.)*

OSCURO

CUADRO CUARTO

En el mismo lugar, días después. Atardecer. La chimenea, siempre encendida. Escena desierta

(A poco entra ANSELMO *conduciendo a* MONTALBÁN, *que trae un gran cartapacio.)*

ANSELMO.—Bien, señor; le diré que estáis aquí, pero no creo que pueda recibiros.

MONTALBÁN.—¿Está realmente enfermo?

ANSELMO.—Un poco de calentura. Y sobre todo, fatiga. Hace una semana que esa maldita campanilla no deja de llamar a todas horas anunciando visitas. Y qué gente, ¡Santo Dios! Marqueses, priores, consejeros del reino... ¡Mucha miel tiene que haber para que acuda tanta mosca!

(Se oye dentro la voz de QUEVEDO, *que entra llamando.)*

QUEVEDO.—¡Anselmo! ¿Encendiste la lumbre? ¡Anselmo!...

MONTALBÁN.—Señor...

QUEVEDO.—¡Don Alonso! Bien venido a vuestra casa.

MONTALBÁN.—Siento haber llegado en mal momento. Me dicen que no andáis bien de salud.

QUEVEDO.—No es nada: escalofríos. Parece que en estos años de Italia he olvidado el aire del Guadarrama.

ANSELMO.—¿Pongo más leños?

QUEVEDO.—No, está bien. Gracias, Anselmo.

ANSELMO.—Señores. *(Sale.)*

QUEVEDO.—*(Se calienta las manos a la lumbre.)* ¿Noticias?

MONTALBÁN.—De todo. Buenas y malas.

QUEVEDO.—Primero las buenas.

MONTALBÁN.—Los libelistas de la *Spongia* ya huyen a la desbandada. Vuestras sátiras contra Góngora y Alarcón corren por los mentideros a carcajadas. Y hasta los más rabiosos empiezan a negar su firma.

QUEVEDO.—¿Tan pronto? Realmente una victoria tan fácil no vale la pena. Para otra vez habrá que elegir mejores enemigos. ¿Y las noticias malas?

MONTALBÁN.—Las malas son que ahora todos los rencores acumulados contra Lope se están volviendo contra vos.

QUEVEDO.—¿Otra *Spongia?*

MONTALBÁN.—Peor, porque ahora no hay papeles ni firmas. Es una conjura silenciosa y con los hilos movidos desde palacio, donde tenéis muchos enemigos.

QUEVEDO.—¿Qué enemigos? ¿Las damas melindrosas que me leen en secreto para ruborizarse después en público? ¿Los que se horrorizan de encontrar en mis libros palabras que sólo habían visto escritas en las paredes?

MONTALBÁN.—Ésos y otros más peligrosos, de gran valimiento con el mismo rey. ¿Conocéis a Pacheco de Narváez?

QUEVEDO.—¿El maestro de espada de Su Majestad? Ya. Ya comprendo. Por lo visto hay lecciones que no se olvidan. *(Ríe.)* ¿Y eso es todo?

MONTALBÁN.—No es él solo. Es toda una camarilla cortesana de resentidos, acostumbrados a herir en la sombra y por la espalda. Y la primera estocada ya está aquí. *(Abre su cartapacio.)* Vuestro libro los *Sueños*, que me hicisteis el honor de confiar a mis manos, no será publicado. Se me han negado las licencias.

QUEVEDO.—¿Prohibido los *Sueños?* ¿Por qué?

MONTALBÁN.—¿Qué importa el pretexto? Según vuestro censor, fray Antolín Montojo, vuestra manera de mezclar lo sagrado y lo profano es un sacrilegio.

QUEVEDO.—¿Sacrilegio pintar un diablo grotesco y unas carnestolendas de la Muerte? Pero ¿no es eso mismo lo que hacen nuestros clérigos-poetas en los «autos» del Corpus? ¿O es que cuando lo hacen ellos es teología popular y sólo es sacrilegio cuando lo hago yo?

MONTALBÁN.—No se trata de razones. Con tal de conseguir el veto, fray Antolín no se conforma con acusaros de escándalo y llega a poner en duda vuestra fe cristiana.

QUEVEDO.—¿Pretende darme lecciones de religión a mí? ¡Hipócrita! Yo no soy de los que, para persignarse, esperan como él a que la luz esté encendida.

MONTALBÁN.—Sobre ese punto vuestras convicciones son de sobra conocidas. Por eso creo que detrás de esta prohibición hay escondido algo más. ¿De dónde viene el golpe?

QUEVEDO.—Eso me pregunto yo, ¿de dónde? Antes hablasteis de una posible intriga de camarillas cortesanas...

MONTALBÁN.—Era sólo una sospecha.

QUEVEDO.—No, Montalbán, no; ahora empiezo a verlo claro. Hay, en efecto, una conjura; pero mucho más sórdida y triste de lo que vos imagináis.

MONTALBÁN.—No comprendo.

QUEVEDO.—Vais a comprenderlo en seguida. ¿Conocéis a mi señor el duque de Osuna?

MONTALBÁN.—Sé de él lo que sabe todo el mundo: que es el primer capitán de España y gran señor de Sicilia, que su fortuna es la más grande y su nobleza tanta como la del mismo rey.

QUEVEDO.—A la grandeza de mi señor le viene estrecha Sicilia, y aspira al virreinato de Nápoles. Muchos son los enemigos que se le oponen en Madrid; pero a mi señor no le gusta desperdiciar su tiempo: cuando sus enemigos son dignos lucha contra ellos hasta la muerte; cuando son indignos se limita a comprarlos, que es más rápido. Un día hizo una lista de todos los que necesitaba tener a su favor y me dijo simplemente: «Aquí tienes cincuenta mil ducados de oro y ocho firmas en blanco. Vete a la corte, cómprame a estos hombres y vuelve.» A eso he venido. Confieso que llegué temblando. En mi lista había nombres demasiado ilustres; algunos en la misma sala del trono. ¿Con cuánta dignidad ofendida iría a tropezar? Pero no: contra todos mis temores, el primer visitado aceptó sin vacilar. Y el segundo. Y el tercero. Solamente hay que discutir un poco a la hora del precio: unos prefieren joyas y sedas; otros, títulos y prebendas; otros, dinero directamente.

MONTALBÁN.—¿Es posible, señor?

QUEVEDO.—Las tarifas no varían gran cosa. ¿Queréis saber exactamente lo que vale hoy un consejero de la Corona? Una cadena de oro y dos piezas de gorguerán. ¿Queréis saber lo que vale un secretario de Estado y un gentilhombre de cámara y hasta un favorito del rey? Al principio sólo sentí la satisfacción de la misión cumplida: políticamente era un negocio redondo. Después empecé a sentir vergüenza por ellos. Finalmente, angustia. A cada nueva puerta que llamaba me decía en voz baja: «Señor, haz que éste —¡éste por lo menos!— diga que no.» Pero inútilmente. Mi señor tenía razón, y la lista ya está completa. ¿Comprendéis ahora quiénes forman contra mí esa conjura de resentidos? Son todos los que se han quedado fuera del reparto. Lo que no me perdonan es que no los haya comprado; porque todos, todos se venden como mujeres y a veces hasta más baratos. *(Se detiene de pronto. Cambia el tono.)* Miento. Solamente a una mujer la vi tirar sobre esa mesa un doblón de oro y salir bajo la lluvia con la cabeza alta. Era una prostituta. *(Se sienta pesadamente, riendo con una risa sorda.)*

MONTALBÁN.—¿Os sentís mal?

QUEVEDO.—No es nada. Un poco de calentura tal vez.

MONTALBÁN.—O tal vez peor. Después de lo que me habéis dicho, creo que vuestro mal está mucho más adentro.

QUEVEDO.—Sí, Montalbán: el asco. Dejadme el libro y la censura. ¡Quiero ver dónde están todos esos sacrilegios que se me atribuyen! Y tened prevenidas vuestras prensas. Mis *Sueños* se publicarán antes de lo que podáis esperar.

MONTALBÁN.—¿Por qué lo decís tan seguro?

QUEVEDO.—Porque la Fortuna es una rueda. Fray Antolín ha escrito un buen informe sobre mi libro. Ahora yo voy a escribir un buen informe sobre fray Antolín. Adiós, don Alonso.

MONTALBÁN.—Adiós, señor.

(Sale. QUEVEDO *abre el cartapacio sobre la mesa y hojea su libro, hasta que el sueño y la fiebre rinden su cabeza sobre los codos. Declina la luz. Comienza a oírse una extraña música.)*

VOZ DE QUEVEDO.—*(En el altavoz.)* «Yo, que en mis sueños vi tantas cosas que son burla de la fantasía y ocio del alma, halléme un día en un lugar de donde nacían dos sendas contrarias: la una estrecha, llena de abrojos y asperezas; la otra ancha, llena de carrozas, de galas y hermosura. Aquella estrecha era la senda de la Virtud, por donde iban pocos, y esos pocos, desnudos y descalzos. Yo, como soy amigo de buena compañía, tomé por la contraria, por donde iban tantos carruajes y mujeres, tanta música y fiesta... Y andando, andando... andando...

(Oscurece totalmente el escenario, al mismo tiempo que el fondo se hace transparente, descubriendo un extraño paisaje de luces cárdenas que recuerda al Bosco. Es una especie de amplia gruta en varias rampas, con columnas colgantes como estalactitas, decoradas con palmípedos, lagartos, búhos, calderas, plantas acuáticas, lagunas lunares y desmesurados instrumentos músicos. Fondo lejano de música chirriante, y más cerca, rumores de selva, gañidos, croar de ranas, silbos, aullidos. Cubriendo el suelo y las rocas se divisa vagamente un informe montón como de troncos y raíces retorcidas, que parecen removerse perezosamente. Se oye la voz del ARCHIDIABLO, *que llega restallando el látigo.)*

ARCHIDIABLO.—¡Arriba, poltrones! ¡En pie todos. *(Trallazos.)* ¡A su zahurda los boticarios y los alquimistas! ¡A su jaula los poetas y los amantes! ¡A su laguna las dueñas y celestinas! ¡Largo, malditos! ¡Largo! *(Trallazos restallantes. La informe masa ha ido incorporándose pesadamente y van saliendo por distintas galerías entre quejas y maldiciones. Son figuras humanas, mixtificadas grotescamente de pájaros, larvas y ranas. Unas llevan enormes copas y racimos; otras arrastran grandes ruedas que hacen girar pesadamente. Mujeres de cabellos sueltos cubren su desnudez con un tonel. Al desaparecer la turba se ve a* QUEVEDO *dormido entre las rocas. El* ARCHIDIABLO *se le acerca.)* ¿Y éste? ¡Levanta. *(Latigazo.)* ¿Quién eres tú que todavía respiras y sin embargo ya estás aquí?

QUEVEDO.—¿Acaso sé yo quién soy? Mi nombre era Francisco.

ARCHIDIABLO.—¿Y tu oficio?

QUEVEDO.—Dejar testimonio fiel de todo lo que veían mis ojos para aquellos que no lo sabían ver. Tal vez por eso se me ha permitido llegar vivo a este lugar donde los otros sólo pueden llegar muertos.

ARCHIDIABLO.—No te hagas el bravo aquí. Mira que esto es una ratonera, fácil de entrar, pero imposible de salir. Vete, antes de que la trampa se cierre.

QUEVEDO.—No. Primero necesito saber.

ARCHIDIABLO.—¡Saber, saber!... ¡Siempre la misma historia! Pregunta pronto, que hoy es día de llegada de sastres y zapateros y va a ser larga la faena.

QUEVEDO.—Antes que nada quisiera saber: de los siete pecados capitales, ¿cuál es el que arrastra más gente aquí?

ARCHIDIABLO.—El primero, la Soberbia, que fue el de mi señor Lucifer, cuando fue en el cielo lucero amotinado. Después, la Ira, la Envidia y la Avaricia.

QUEVEDO.—¡Qué extraño! Allá nos dicen siempre que el peor es la Lujuria.

ARCHIDIABLO.—También aquí lo creíamos al principio. Pero ya estamos muy desengañados de ese pecado traidor, que en su propio veneno lleva su medicina; y muchas veces, apuntando al infierno, acaba dando en la salvación.

(Entra corriendo el ALMA DE GARIBAY, *perseguida a latigazos por un diablillo menor.)*

ALMA.—¡Un rincón, por piedad, señor! *(De rodillas.)* ¡Un rincón para mí!

ARCHIDIABLO.—¿Aquí? ¡Jamás! ¡Fuera! *(El* ALMA *corre perseguida por los trallazos del diablo.)* ¿Qué más quieres saber?

QUEVEDO.—De la gente que por allá padecemos, ¿cuál abunda más en este reino?

ARCHIDIABLO.—De todo hay buena cosecha, desde reyes y prelados, hasta lacayos y bufones. Pero sobre todo, médicos, porque enfermar, cada hombre enferma de una cosa; pero morir, todos mueren de médico.

QUEVEDO.—Por lo que veo, tenéis juntos en cada jaula a los del mismo oficio.

ARCHIDIABLO.—Los del mismo oficio, no; los de la misma inclinación. Los locos van con los astrólogos, los taberneros con los aguadores, y los enamorados con los ciegos.

QUEVEDO.—¿Y las alcahuetas?

ARCHIDIABLO.—Ésas van con los mesoneros ladrones, porque los dos viven de dar gato por liebre.

(Silba el viento.)

QUEVEDO.—¿Qué vendaval es ése que sale de aquella jaula?

ARCHIDIABLO.—Son los suspiros de los enamorados.

QUEVEDO.—¿Tantos hay en el infierno?

ARCHIDIABLO.—Infinitos, porque todos están enamorados de sí mismos; muchos de su dinero; otros de sus palabras, y algunos hasta de las mujeres.

(Se oye croar de ranas.)

QUEVEDO.—Mujeres. Muchas veo metidas en aquella laguna hasta la cintura, croando como ranas. ¿Están allí todas juntas?

ARCHIDIABLO.—No, esa laguna está reservada únicamente para dueñas y solteronas, ya que al fin son como las ranas: que no acaban de ser ni carne ni pescado, y sólo son aprovechables de medio cuerpo abajo.

QUEVEDO.—Al otro lado veo una pradera con un inmenso rebaño de bueyes tumbados al sol... ¿Qué hacen allí?

ARCHIDIABLO.—No son bueyes. Son esos que en la tierra llamáis maridos consentidos.

QUEVEDO.—¿Tenéis para ellos algún tormento especial?

ARCHIDIABLO.—El peor de todos: primero, llenarles el cuerpo de lujuria, y después, quitarles la herramienta. *(Entra un diablo verde novicio, y otro rojo conduciendo un carretón.)* Tú, zascandil, ¿qué horas de volver son éstas después de veinte años en la tierra?

DIABLO VERDE.—No perdí el tiempo, señor. Estuve tentando a los mercaderes del mundo entero para inducirlos a robar.

ARCHIDIABLO.—¿A robar? Pero, maldito de Satanás, ¿quién te ha dicho que ningún mercader necesite tentación para eso? ¿No los ves llegar todos los días a montones por el puente de plata? *(Latigazo.)* ¡Fuera ese diablo que no sabe lo que se diabla! ¿Y tú? ¿Qué mercadería traes ahí?

DIABLO ROJO.—Siete libreros convictos y confesos.

ARCHIDIABLO.—Es de la mejor leña que aquí se quema. ¡A la hoguera!

(Sale el diablo con su carretón.)

QUEVEDO.—¿Cómo? ¿Por publicar libros se viene al infierno? Siempre pensé que era oficio de locos este de los libreros; que todos nos condenamos por nuestras malas obras propias, y ellos por las malas obras ajenas.

(Cruza corriendo el POETA DE LOS PÍCAROS, *perseguido por otro diablo.)*

DIABLO.—¡A ése!... ¡A ése!... ¡Cortad el paso!

ARCHIDIABLO.—¿Quién es?

DIABLO.—Un poeta escapado de la jaula. A ése..., a ése... (*Desaparece tras el* POETA.)

QUEVEDO.—¡Hola! ¿También tenemos poetas por aquí?

ARCHIDIABLO.—¿Pues dónde estarían mejor esos desvariados que, no teniendo camisa que mudar, derrochan todos los tesoros de la nación en cabellos de oro, dientes de perlas y prados de esmeralda?

QUEVEDO.—Supongo que tendrán un tormento digno de su culpa.

ARCHIDIABLO.—No hace falta. Ésos se atormentan solos, unos a otros, leyéndose sus versos.

(*Vuelve el diablo conduciendo al* POETA DE LOS PÍCAROS.)

DIABLO 2.º—Aquí está el fugitivo.

ARCHIDIABLO.—¿De manera que eres poeta?

POETA.—Con perdón de Vuestra Diablencia. Pero no de los cultos coruscantes. Yo no paso de coplas y guitarras.

QUEVEDO.—¿Qué especie de coplas?

POETA.—De esta semejanza:

¡Zarabullí! ¡Ay, bullí, bullí de zarabullí!
Yo me bullo y me meneo,
me bailo, me zangoteo,
me refocilo y recreo
por medio maravedí.
¡Ay, bullí, bullí de zarabullí!

QUEVEDO.—*(Avanza furioso.)* ¡Ah, facineroso del idioma! ¡Hijo sietemesino de las musas de alquilar! Entonces, ¿eres tú el inventor de la zarabanda y la chacona y el guiriguirigay? ¿Tú el que nos trajiste el tenguetengue, y la cachumba y gatatumba y el don-golondrón?

POETA.—¿Qué mal hay en ello?

QUEVEDO.—¿Te parece poco mal apestarnos la república con sarna de jacarandinas y enloquecer a las mozas de fregar, que se pasan el día en un grito con el «ay, ay, ay, cómo relumbra, madre», y aturdirnos las calles con tanto «¡Hurruá-hurruá, que en la ventana está»! y tanto «¡Bullizcuzcuz de la Vera-Veracruz!»?

ARCHIDIABLO.—¡Cómo! ¿Éste es el culpable de toda esa jerigonza? Condénesele a sonsonete perpetuo y pase a la jaula de los furiosos. ¡Largo! *(Salen* DIABLO *y* POETA. *Se oye una campana bronca como cencerro.)* Es hora de cerrar. Sal antes de que sea tarde.

QUEVEDO.—Una última cosa quisiera saber. ¿Es cierto que en todo este reino no hay un solo escribano, ni un solo pobre, ni una sola mujer hermosa?

ARCHIDIABLO.—Cierto es. A los escribanos no los admitimos por temor: no sea que empiecen a escribir folios y acaben alzándose con el negocio. A los pobres no nos los envían porque ¿qué podrían padecer aquí que no hubieran padecido ya? Y en cuanto a las mujeres hermosas, las tenemos a todas colocadas en la tierra para que nos manden parroquianos. ¿Acabaste ya de preguntar?

QUEVEDO.—Acabé. Gracias, señor Archidiablo. *(Va a salir. Se oye una musiquilla alegre de dulzaina y tamboril. Se vuelve.)* Pero ¿qué ven mis ojos? Carreta de cómicos de la legua parece aquélla.

ARCHIDIABLO.—Hombres o títeres, ¿quién lo sabe? Lo único cierto es que los habéis fabricado vosotros mismos y ahora no les dejáis un instante de reposo a golpe de refrán. *(La carreta, encintada y colorista como un «carro de Corpus» asoma por un costado, y de ella van saltando como figuras de retablo* EL REY QUE RABIÓ, PERO GRULLO, EL OTRO, EL SASTRE DEL CAMPILLO, EL BOBO DE CORIA, PERICO DE LOS PALOTES, DON DIEGO DE NOCHE *y varias figuras más de enanos, bufones y mujeres.)* ¿Ves ese primero con corona de hojalata? Es el Rey que Rabió.

REY.—Así me llaman. Y todo lo que es viejo dicen que es del tiempo del Rey que Rabió. Pero, si rabié, ¿tuve yo la culpa?

QUEVEDO.—Dice bien; que entre pedigüeños y aduladores, pocos reyes habrá que no hayan rabiado como él. ¿Quién es ese otro, tan grave, vestido de doctor?

ARCHIDIABLO.—¿No le conoces? Es el famoso Pero Grullo.

QUEVEDO.—¿El de las profecías? ¡Por mi alma que me gustaría oírle!

(PERO GRULLO *sube a una roca como tarima.*)

VOCES.—¡Silencio! ¡Silencio todos! El maestro va a hablar.

(Cesa la música. Silencio total. PERO GRULLO *levanta*

solemnemente su largo dedo doctoral. Su brazo rechina como gozne de orín.)

PERO GRULLO:

Cuando lloviere habrá lodos
y será cosa de ver
que nadie podrá correr
sin echar atrás los codos.

(Murmullos de pasmo. Vuelve la música.)

QUEVEDO.—¡Oh sabio de nuestros sabios, catedrático de nuestros catedráticos y oráculo de todas las Españas! Sigue, por tu vida, sigue...

(PERO GRULLO *comienza a alzar nuevamente su chirriante brazo.*)

VOCES.—¡Silencio! ¡El maestro va a hablar por segunda vez!

VOZ.—Dos veces en un día. ¡Dos! ¡Silencio!

(Nuevo silencio. Se repite el juego.)

PERO GRULLO:

Volaráse con las plumas,
andaráse con los pies,
y por mal que hagas las sumas,
serán seis dos veces tres.

VOCES.—¡Oooooh...!

QUEVEDO.—¡Oh luminaria de nuestro siglo, habrá autor en el mundo tan ilustre como tú?

EL OTRO.—*(Avanza con una reverencia.)* Yo, señor, que a todas horas soy citado en la calle y en la cátedra.

QUEVEDO.—¿Tú? Pues ¿quién eres tú?

EL OTRO.—Yo soy el Otro.

QUEVEDO.—¿El otro qué?

EL OTRO.—El Otro, nada más. El que nunca dijo ni escribió nada; pero en cuanto hay algo que nadie sabe quién lo ha dicho, todos dicen a una voz: «Como dijo el Otro...»

QUEVEDO.—Mira qué buen racimo se acerca. Ahí tienes al Sastre del Campillo, que cose de balde y pone el hilo. Y al Bobo de Coria, que aprendió a reír sin aprender a hablar. Y a Perico de los Palotes tocando su tambor... *(Pasa cada figura haciendo su reverencia. El* SASTRE *con sus inmensas tijeras, el* BOBO *con su ¡ji, ji! y* PERICO *con su redoble y su saludo marcial.)* Pero guarda, guarda, que aquí asoma, flaco como cerbatana, la flor de los hidalgos españoles muertos de hambre: Don Diego de Noche.

(Avanza DON DIEGO. *Viste encajes y terciopelos hechos andrajos. Es flaquísimo, cortés y galán.)*

DON DIEGO.—Por vuestra vida, señores, ¿dónde hay boda o bautizo en que pueda ser convidado?

QUEVEDO.—Por fin te veo, ¡oh estómago aventurero, gaznate de rapiña y panza al trote! ¡Oh sabañón de las cenas, tarasca de los convites y cáncer de las ollas! ¿A tanta miseria has llegado, hermano mío?

DON DIEGO.—Tanta que primero tuve que dejar de comer para poder comprar guantes, y luego tuve que dejar los guantes para poder comprar calzas. Tan raído llegué a estar, que sólo podía salir de noche para que no se me vieran las carnes al trasluz.

QUEVEDO.—Pues yo te veo muy a lo galán con tus calzas acuchilladas de seda roja.

DON DIEGO.—No juzgues el pastel por el hojaldre, que esas cuchilladas de atrás no son más que entretelas de nalga pura pintada de carmesí. Hidalgos, por amor de Dios, ¿dónde hay convite, que tan sin carnes estoy que hasta mis propios gusanos tienen hambre de mí? ¿Dónde hay convite para Don Diego de Noche?

(Vuelve apresuradamente el ALMA DE GARIBAY, *que cae de rodillas ante el* ARCHIDIABLO.)

ALMA.—¡Por piedad, señor, un rincón para mí!

ARCHIDIABLO.—¿Otra vez aquí? ¿No hay sitio arriba?

ALMA.—¡De arriba me han echado, señor!

ARCHIDIABLO.—¿Y abajo?

ALMA.—De abajo también.

ARCHIDIABLO.—¡Pues aquí no! ¡Fuera! *(Levanta el látigo.* QUEVEDO *le detiene.)*

QUEVEDO.—¡Cómo! No tienes empacho en recibir remendones, pasteleros, casamenteros y hasta italianos, ¿y así te ensañas con este infeliz? Pues ¿qué pecado ha cometido?

ARCHIDIABLO.—¿No lo conoces? Es el Alma de Garibay, que nunca fue lo bastante loco ni lo bastante cuerdo, ni lo bastante bueno ni lo bastante malo. En cosa de justicias y gobiernos tampoco se atrevió a estar entero con ninguno de los dos bandos. Y ahora... no lo quieren ni en el cielo ni en el infierno. ¡Largo de aquí, media alma! ¡Largo! *(Lo echa a latigazos. Se levanta un viento silbante que hace estremecer todo. Las figuras de retablo se desbandan aterradas, croando, gañendo, aullando...)*

QUEVEDO.—¿Qué viento frío es éste? ¿Y por qué huyen todos?

ARCHIDIABLO.—Es que va a pasar Ella con su cortejo. ¿No la ves?

QUEVEDO.—Veo una extraña mujer, que por un lado parece moza y por el otro vieja; por el uno cerca y por el otro lejos; que no tiene cara ninguna y tiene todas las caras posibles... ¿Quién es esa mujer?

(El ARCHIDIABLO *ha desaparecido también. Aparece la* MUERTE *sin rostro, empuñando una vara de justicia. Cosidos al hábito trae toda clase de máscaras y antifaces.)*

MUERTE.—¿No me conoces, Francisco? Yo soy la que trae al dichoso lo que más teme y al desdichado lo que más desea.

QUEVEDO.—¿La Muerte?

MUERTE.—La Muerte.

QUEVEDO.—¡Jesús mil veces!

MUERTE.—¿Por qué retrocedes? ¿También tú me tienes miedo?

QUEVEDO.—No es miedo. Es que no estoy preparado para recibirte.

MUERTE.—¿No has dicho tú mismo que para esto hay que estar preparado todas las horas de todos los días?

QUEVEDO.—No te esperaba. Ni te imaginaba así. Allá te pintan toda huesos.

MUERTE.—Eso no es la Muerte; es lo que queda de los vivos. La Muerte la lleváis todos dentro; la de cada uno tiene su propio rostro, y todos sois muertes de vosotros mismos, porque eso que llamáis nacer no es más que empezar a morir.

QUEVEDO.—Si la de cada uno tiene su propio rostro, ¿dónde está la mía y todas las demás?

MUERTE.—En el cortejo vienen: la muerte de amor y la muerte de hambre; la de frío, la de miedo y hasta la muerte de risa.

QUEVEDO.—Maravilla grande es que no teniendo más que una sola vida podamos tener tantas muertes.

MUERTE.—La tuya no llegó aún, Francisco. Pero si quieres saber entra en la zarabanda y acompáñame. *(Se vuelve.)* En pie todos, y a la danza, que la muerte no es descanso, es tránsito. ¡Vamos! ¡Todos a una sola voz! ¡Todos a un mismo compás! Al fin, por una vez, todos iguales.

(Marca el compás con su vara. Crece el viento silbante. Las figuras del Bosco parecen animarse. Se oye un coro vocal que recuerda los trenos del Dies Irae *y el macabro desfile comienza con una* Danza de la Muerte *medieval. Reyes en harapos, prelados de monda calavera bajo la mitra, nobles con sus estandartes y escudos en jirones, labradores con sus aperos, disciplinantes con*

enormes cirios; niños, mujeres y ancianos danzan a un ritmo lento. Mientras la imagen se va esfumando, el viento se hace realidad y abre de golpe la ventana, penetrando una ráfaga sobre la mesa en que QUEVEDO *duerme. Los papeles vuelan.* QUEVEDO *despierta sobresaltado, tratando de sujetarlos.)*

TELÓN

SEGUNDO TIEMPO

CUADRO QUINTO

Hospedería de Quevedo, veinte años más tarde. Son otros muebles, otros cuadros, pero el mismo aire frugal en todo, el mismo desorden amontonado de libros y papeles, y la chimenea siempre dispuesta

(ANSELMO, *visiblemente envejecido, está terminando de encender el fuego cuando suena la campanilla. Sale a abrir y vuelve con una dama enlutada, ataviada con severo lujo y cubierta con un velo.*)

ANSELMO.—¿A quién anuncio, señora?

LAURA.—Dile solamente: «Dieciocho de agosto».

ANSELMO.—Pero eso no es un nombre. Es una fecha.

LAURA.—No hace falta más. Si con esas palabras no basta, es que sobran todas las demás, y yo me volveré en silencio sin levantar mi velo.

ANSELMO.—Bien, señora.

(LAURA, *a solas, curiosea discretamente cuadros y papeles de trabajo. Entra* QUEVEDO. *Cabellera gris, terciopelos oscuros. Al pecho, la Cruz de Santiago.*)

QUEVEDO.—¿Dieciocho de agosto...?

LAURA.—¿No os dice nada esa fecha, señor?

QUEVEDO.—Me dice todo un mundo: un palacio junto al mar de Nápoles, un jardín en fiesta con millares de luces encendidas, un chapín de seda que resbala en el musgo del estanque..., y en mis brazos, empapada y feliz, la mujer más hermosa de Italia. ¡Monna Laura!

LAURA.—¡Francisco!... *(Alza el velo y corre a sus brazos.)* No me atrevía apenas. Tenía tanto miedo de que hubieras olvidado.

QUEVEDO.—Contigo no es fácil.

LAURA.—Son veinte años.

QUEVEDO.—Veinte dieciochos de agosto.

LAURA.—Yo entonces era casi una niña, y sin embargo ya casada.

QUEVEDO.—Tu único defecto.

LAURA.—Ahora soy una viuda resignada que cuida de sus pintores como otras de sus gatos, y que ya empieza a vivir de su pasado. ¿De verdad me has recordado todo este tiempo y entre tantas cosas?

QUEVEDO.—¿Necesitas una prueba? En tu palacio había un hermoso retrato tuyo pintado por aquel muchacho valenciano que empezaba a llamar la atención en Nápoles.

LAURA.—¿El Espagnoletto?

QUEVEDO.—Un retrato así, de negro, como estás ahora. Es el color que le va mejor a tu belleza. Yo lo hice reproducir en miniatura, y desde entonces voy por el mundo con tu retrato siempre en la mano.

LAURA.—¿En la mano? (QUEVEDO *le muestra abierta su sortija. Ella le mira con amante gratitud.*) ¡Francisco...! *(Se abrazan de nuevo.)*

QUEVEDO.—¿Me permites...? *(Le quita velo y capa.)* ¿A qué has venido a España?

LAURA.—La herencia: olivos, papeles, escribanos. No hablemos de eso; ya terminó. *(Se acerca a la chimenea, tendiendo las manos a la lumbre.)* Veo que tu fuego sigue encendido a todas horas. Ya entonces, en plena juventud, no podías vivir sin él. ¿Tienes frío siempre?

QUEVEDO.—Siempre. A veces ya no sé si me viene de la calle o si lo llevo yo dentro.

LAURA.—¿Trabajas mucho?

QUEVEDO.—Es mi única manera de no estar solo.

LAURA.—Tienes que darme tus últimas obras. En Italia todo el mundo conoce y discute tu nombre. Pero tus libros, muy pocos.

QUEVEDO.—Tampoco aquí. Entre escándalos, censuras y prohibiciones, mis enemigos han conseguido para mí una extraña gloria: soy el escritor del que más se habla y al que menos se lee.

LAURA.—Para el gusto italiano tu estilo resulta demasiado violento. Demasiado «rabiosamente español». En una misma página pasas de lo más fervoroso de la mística a lo más sangriento del escarnio.

QUEVEDO.—Es natural, tengo el verano y el invierno de Castilla.

LAURA.—No. Lo que da esa especie de furia a todas tus cosas es esa pasión política, que es la obsesión de tu vida. Y ¿qué le debes al final? Únicamente persecuciones, cárceles, destierros. ¿No has pensado nunca retirarte junto al mar y dedicarte sólo a tus libros?

QUEVEDO.—No podría aunque quisiera. Yo he venido al mundo para intervenir, no para estar sentado, mirando. Pero te agradecería tanto que no hablásemos de mí.

LAURA.—Lo siento, señor; pero yo he venido exclusivamente a eso.

QUEVEDO.—¿A hablar de mis libros?

LAURA.—Por favor, Francisco, no me confundas con esas bachilleras ridículas que, por seguir la moda, hablan de versos que no entienden. Mis padres, mis abuelos, toda mi sangre es de artistas. Mi palacio está lleno de música y pintura. Yo, de niña, aprendí a leer en Petrarca. Y si algún orgullo puedo tener, es que tú hayas hecho para mí el soneto de amor más hermoso que se ha escrito jamás en tu lengua y en la mía. ¿Lo recuerdas?

QUEVEDO.—*(Se aparta.)* Nunca tuve memoria para mis versos.

LAURA.—Yo sí. Fue una noche que te hice una de esas preguntas absurdas que sólo se nos ocurren a las mujeres: ¿Es cierto que el amor perdura hasta más allá de la muerte? Tú entonces no me contestaste, y hasta me pareció que te bailaba una chispa de burla en los ojos. Pero al día siguiente me respondiste con esos catorce versos, que son mi oración de todas las noches:

Cerrar podrá mis ojos la postrera
sombra que me llevare el blanco día,
y podrá desatar esta alma mía
hora a su afán ansioso lisonjera;
mas no de esa otra parte en la ribera
dejará la memoria donde ardía.
Nadar sabe mi llama la agua fría
y perder el respeto a ley severa.
Alma, a quien todo un Dios prisión ha sido,
venas que humor a tanto fuego han dado,
médulas que han gloriosamente ardido,
su cuerpo dejarán, no su cuidado.
Serán ceniza, mas tendrán sentido.
Polvo serán, mas polvo enamorado.

¿Por qué callas? Sé que nunca quieres hablar de tus versos. Pero ahora que los has oído sin recordarlos, como si no fueran tuyos, ¿no te parecen hermosos?

QUEVEDO.—Mucho. Pero no me fío. Todo es hermoso cuando lo dices tú. Hasta pienso que si recuerdo tan luminosa a Italia también es por tí.

LAURA.—¿No te gustaría volver? En este momento están estallando de oro los limoneros de Amalfi. ¿No te gustaría?

QUEVEDO.—Es peligroso volver a donde se ha sido feliz con veinte años de retraso.

LAURA.—¡Veinte años! Entonces el centro de Nápoles era el palacio de Osuna. Y el centro del palacio, el caballero Quevedo. Cuando Osuna y tú salíais a caballo, todo Nápoles abría las ventanas...

QUEVEDO.—Ahora Osuna ha muerto de asco y de pena en una prisión. Y Quevedo envejece tiritando junto al fuego.

LAURA.—Condenar a morir en una cárcel al más grande capitán de España... ¿Quién pudo atreverse a tanto?

QUEVEDO.—¿Quién es aquí la única voluntad y la única ley? El Conde-Duque de Olivares no manda solamente en nuestra justicia y en nuestros soldados, manda en el lujo de nuestros ricos y en el hambre de nuestros pobres; manda en nuestras horas de sueño y de trabajo; manda en nuestra risa y en nuestro llanto, y hasta en los ciervos de nuestros bosques y en las truchas de nuestros ríos. Gracias a él estamos perdiendo, uno tras otro, todos nuestros territorios. Y gracias a él nuestro rey Felipe puede llamarse el Grande, pero como los pozos: tanto más grandes cuanto más tierra les quitan. ¿Conoces al Conde-Duque?

LAURA.—Precisamente ayer estuve invitada a una fiesta en su palacio. Se veía que quería a toda costa sonreír y ser galante, pero no podía. Estaba furioso con esa dichosa historia del memorial y la servilleta. Supongo que la habrás oído.

QUEVEDO.—Vivo muy encerrado.

LAURA.—La mañana anterior, al sentarse a la mesa, Su Majestad encontró envuelto en su servilleta un memorial anónimo contra Olivares, acusándole de todas las desgracias que pesan sobre el reino. Una sátira con más dolor que veneno, pero afilada y segura como una estocada mortal. La policía del Conde-Duque está desesperada sin encontrar el menor rastro del autor.

QUEVEDO.—¿Tú has leído ese memorial?

LAURA.—¿Quién no? Por todo Madrid corren copias secretas. Y cosa curiosa: al leerlo me pareció que ya lo conocía de antes... Como cuando se vuelve a oír, después de mucho tiempo, una voz conocida. Dicen que el autor es probablemente un extranjero...; pero el estilo es tan dolorido y amargo al mismo tiempo..., tan rabiosamente español... *(Sin aliento, con una sospecha repentina.)* ¡Francisco...! *(Le mira fijamente angustiada.)* No, no, ¡por tu alma dime que no!

QUEVEDO.—¿Tan terrible sería?

LAURA.—¿Tú? Pero entonces tienes que huir inmediatamente. Olivares ha ofrecido mil ducados de oro al que descubra al autor, ¡y en palacio ya están dando tormento a todos los cómplices posibles!

QUEVEDO.—*(Pálido.)* No es verdad. ¡No puede ser verdad! ¿A quién están dando tormento?

LAURA.—A todos: pajes, lacayos, ujieres de mesa... ¡hasta las mujeres que lavan y planchan la mantelería!... ¡Huye ahora mismo!

QUEVEDO.—¿Ahora que esa gente está sufriendo tormento por mí?

(Se oye un campanillazo enérgico.)

LAURA.—*(Grita sin voz.)* ¡Huye!

QUEVEDO.—¡Silencio! Que no te vean aquí. Entra en ese aposento. (*Entra* ANSELMO.) Escucha, Anselmo: si son soldados, no hay nadie conmigo en la casa, ¿lo oyes bien? Nadie. Abre.

(*Sale* ANSELMO.)

LAURA.—Francisco...

QUEVEDO.—Entra ahí, y silencio. Lo que importa ahora es que nadie pueda complicarte a ti en esto. Entra, Laura.

(Se besan apasionada y rápidamente. LAURA *entra en el aposento cubriéndose con el velo. Inmediatamente vuelve* ANSELMO *con el* CAPITÁN *y dos soldados.)*

CAPITÁN.—¿Don Francisco de Quevedo?

QUEVEDO.—Yo soy.

CAPITÁN.—De orden de Su Excelencia el Conde-Duque de Olivares, servíos acompañarme a palacio.

QUEVEDO.—¿Voy detenido?

CAPITÁN.—Por ahora, solamente custodiado.

QUEVEDO.—¿Podríais aguardarme un momento? Sólo el tiempo necesario para escribir una despedida.

CAPITÁN.—Lo siento; la orden es terminante: sin cambiar una palabra con nadie y sin perder un solo instante.

QUEVEDO.—¿Ni siquiera lo que puedo tardar en coger mi capa? Es diciembre y está helando. *(El* CAPITÁN, *en silencio, se quita su capa y se la tiende.* QUEVEDO *agradece el gesto con una cortés inclinación sin aceptar.)* Gracias, capitán. Vamos.

TELÓN

CUADRO SEXTO

Antesala en palacio con una puerta de honor al fondo y dos laterales

(Un SECRETARIO *escribe. El* CAPITÁN *hace guardia.* QUEVEDO, *sentado en un sillón en primer término, espera. Dos soldados abren la puerta del fondo dando paso a* MONNA LAURA *y vuelven a cerrar.* QUEVEDO *se levanta sorprendido.)*

QUEVEDO.—¡Monna Laura!

LAURA.—Francisco...

(El CAPITÁN *avanza.)*

CAPITÁN.—Perdón, señora; el caballero no puede hablar con nadie.

LAURA.—Tengo licencia. *(Muestra una orden. El* CAPITÁN *saluda y vuelve a su puesto.)*

QUEVEDO.—¿Tú en palacio? Espero que no habrás venido a pedir gracia para mí.

LAURA.—*(A media voz, rápida y firme.)* No, puedes estar tranquilo. Escúchame bien, que sólo tenemos el tiempo de una despedida, y habla sin levantar la voz. No hay prueba ninguna contra ti. Niega, Francisco, niega en redondo y estás salvado. Mi coche está abajo, y nadie se atreverá a descorrer sus cortinas. Saldremos juntos.

QUEVEDO.—¡Bravo! Los pajes y las lavanderas sufren tormento, Quevedo niega, y en premio una hermosa mujer le ofrece su palacio en Italia.

LAURA.—Créeme, te lo juro: los sospechosos han pasado por el tormento todos y ya nada puedes remediar confesando. Mañana dirás por escrito toda la verdad; pero ahora niega, ¡niega por tu vida!

QUEVEDO.—¿Qué ganaríamos con eso?

LAURA.—Veinticuatro horas preciosas. Mi coche está ahí mismo en el jardín, y mi barco en Valencia esperando. Si ganamos estas veinticuatro horas ya nadie podrá alcanzarnos.

QUEVEDO.—Huir con las espaldas guardadas por una mujer, no es un papel muy airoso.

LAURA.—Por lo que más quieras, Francisco, deja tranquilo a tu orgullo de hombre. Y no pienses que trato de resucitar un amor imposible ya. Mi palacio está lleno de músicos y pintores, pero yo estoy tan sola como tú. Déjame ser para ti la compañía que no tienes. Deja que, por una vez siquiera, también una mujer pueda refugiarse en la amistad.

QUEVEDO.—Laura...

LAURA.—Castilla es demasiado áspera para ti. Piensa en el mar caliente de Nápoles. Piensa en los limoneros de Amalfi... Y piensa en mí.

QUEVEDO.—En ti, siempre.

LAURA.—Entonces demuéstramelo negando.

QUEVEDO.—Si tú lo mandas...

LAURA.—¡Júramelo!

QUEVEDO.—Te lo juro.

LAURA.—Gracias. Te espero contando uno por uno los minutos.

(Le estrecha las manos. Él besa las suyas. Sale rápida. Ligera pausa. Se abre nuevamente la puerta del fondo y entra OLIVARES. *Hace un gesto al* CAPITÁN, *que sale. Va a la mesa, echa un vistazo al documento que el* SE-

CRETARIO *le muestra, firma y a una señal suya el* SECRETARIO *sale también.* OLIVARES *toma un pliego de la mesa y avanza.)*

QUEVEDO.—Excelencia...

OLIVARES.—Me alegra infinitamente tener aquí a un poeta que quizá pueda ayudarme en un trabajo difícil.

QUEVEDO.—Será muy honroso para mí. ¿De qué se trata, señor?

OLIVARES.—Precisamente de versos; por eso te mandé llamar. Unos ridículos versos de doce sílabas que Su Majestad encontró en su servilleta. Si no estoy equivocado, los versos de doce sílabas son muy raros en poetas españoles. ¿Los conoces? *(Lee.)*

«Católica, sacra y real majestad,
que Dios en la tierra os hizo deidad...»

QUEVEDO.—Los conozco, señor. Por los mentideros corren copias secretas, y en Madrid basta que una cosa sea secreta para que todo el mundo se entere.

OLIVARES.—En este miserable libelo se me insulta como ningún gobernante fue insultado jamás. Según él, yo soy el que deja a las viudas sin tocas y a las familias sin pan; yo el que cohecha a los tribunales, el que vende los cargos públicos y el que tiñe su púrpura con sangre de pobres. Tú, que eres entendido en la materia, ¿podrías ayudarme, analizando el estilo, a descubrir al autor?

QUEVEDO.—No es difícil, excelencia. Y es lástima que vuestra policía esté tan poco preparada para estos casos. En primer lugar, como habéis observado muy bien, el metro de doce sílabas no es propio de nuestra lengua. Seguramente se trata de un extranjero. O quizá de un español que ha vivido mucho fuera de España.

OLIVARES.—Hasta ahí, perfectamente. Adelante.

QUEVEDO.—En segundo lugar, por la experiencia que revela y por esa manera triste de lamentarse, bien se trasluce que es un hombre viejo. O quizá, envejecido y fatigado.

OLIVARES.—Lo mismo creo. Sigue.

QUEVEDO.—Finalmente, su pintura de los vicios de la corte es tan exacta y detallada que sólo puede hacerla quien la conozca bien. Tal vez ha tenido alguna secretaría en el palacio mismo.

OLIVARES.—¡Sigue!

QUEVEDO.—¿Será menester que os diga además su nombre y apellido?

OLIVARES.—¡Dilo!

QUEVEDO.—¿No lo sabéis ya?

OLIVARES.—Lo sé, pero quiero oírtelo a ti. ¡Su nombre!

QUEVEDO.—Don Francisco de Quevedo.

OLIVARES.—¿Luego era cierto? Tú, el caballero intachable que tanto se burlaba del «Señor-tira-la-piedra-y-esconde-la-mano», ¿también has aprendido a tirar piedras sin dar la cara? ¿Tú escondiendo anónimos en una servilleta como un pinche de cocina?

QUEVEDO.—Yo, señor. Pero yo solo. Sin cómplices. Confieso que fui cobarde un minuto de mi vida. No volveré a serlo.

OLIVARES.—Así te lo deseo, porque enfrentarse con Olivares es un lujo que se paga caro. ¿Sabes el precio?

QUEVEDO.—No pienso discutirlo. Mientras esperaba en ese sillón he hecho un recuento de mi vida, y el saldo no es muy halagüeño: he estado doce años en la cárcel, nueve en el mar o en el destierro, y tengo once heridas en el cuerpo. A estas alturas, excelencia, no puedo discutir un poco más o un poco menos.

OLIVARES.—Despacio, Quevedo, despacio, que ni tú ni yo cabemos en medidas pequeñas y quizá lo que voy a ofrecerte no es una prisión. En estos momentos puedo necesitar de ti sacrificios mayores, y sobre todo más útiles. *(Va a la mesa.)* Por mi parte, estaba seguro de tu confesión y ya había ordenado tu destino antes de oírla. Aquí lo tienes. *(Muestra el papel.)* Es tu nombramiento para la embajada de Génova.

QUEVEDO.—¿Es una burla, señor?

OLIVARES.—Es una orden. Tú, que ya has servido en la de Sicilia, sabes muy bien lo que es una embajada.

QUEVEDO.—Generalmente, un destierro bien pagado.

OLIVARES.—No, políticamente una embajada es un cuartel en la retaguardia enemiga.

QUEVEDO.—Yo no soy soldado.

OLIVARES.—Ni hace falta. Soldados, capitanes y hasta héroes, tengo todos los que quiera. Los da la tierra. Cabezas, dispongo de muy pocas, y la tuya la necesito en Génova.

QUEVEDO.—¿Para servir allí la misma política que ataco aquí? Sería una venta demasiado escandalosa. Y no os aconsejo fiaros de aliado que se vende.

OLIVARES.—*(Colmado.)* ¡No pensabas así cuando venías de Italia, cargado de oro, a comprar hombres para tu amo como un mercader de caballos!

QUEVEDO.—El duque de Osuna no era mi amo, era mi amigo. En cuanto al mercader de caballos, lo único que me salva es el asco que desde entonces me inspiran los caballos.

OLIVARES.—Pero ¿será posible que me haya equivocado contigo hasta ese punto? El que yo creía el cerebro político más claro de Castilla ¿va a resultarme un pobre moralista de sermón? Famoso moralista, que no hace una sola cosa que no sea lo contrario de lo que predica.

QUEVEDO.—¿Yo, señor?

OLIVARES.—Tú, que en ese estúpido memorial lloras lágrimas hipócritas por los hambrientos, mientras insultas su miseria pavoneándote por Madrid con tus espuelas de oro.

QUEVEDO.—Nunca he paseado con ellas. Esas espuelas me las hice para ponérmelas dos únicas veces en mi vida. La primera fue en las Descalzas Reales al tomar mi hábito de Santiago. La otra será el día de mi muerte, para entrar pisando con dignidad en el Reino de Dios.

OLIVARES.—¡Ni aun así! La pragmática contra el uso del oro en el vestuario es terminante. Ni yo mismo ni el mismo rey nos hemos permitido nunca semejante ostentación.

QUEVEDO.—Es distinto. Ni Su Majestad ni vos la necesitabais. Yo sí.

OLIVARES.—¿Tú, por qué?

QUEVEDO.—¿No lo veis, señor? ¿Es posible que me estéis mirando y no hayáis comprendido? *(Ronco.)* Unas espuelas de oro quizá sean la única revancha posible de un caballero cojo.

(OLIVARES *desvía los ojos, murmurando apenas con un vago rubor en la voz.*)

OLIVARES.—Perdón.

QUEVEDO.—Gracias, señor.

OLIVARES.—Pues bien, caballero Quevedo, yo voy a permitirte lucir tus famosas espuelas una tercera vez. El día en que tomes posesión de la embajada de Génova.

QUEVEDO.—¿Y si no acepto?

OLIVARES.—Aceptarás. Necesito allí la misma cabeza que un día fue capaz de organizar aquel golpe maestro de la conjura de Venecia. ¿No comprendes que Génova es nuestro último eslabón,, y si lo perdemos se nos irá de las manos Italia entera? Hay que impedirlo, cueste lo que cueste.

QUEVEDO.—Demasiado tarde. Al único que habría podido impedirlo le habéis pagado con la prisión y la muerte.

OLIVARES.—*(Crispado.)* ¿Otra vez tu duque de Osuna? ¿Es que no voy a poder dar un paso sin tropezármelo? Tú, que le has conocido hasta el fondo, ¿qué misterio tenía aquel hombre para apoderarse así de grandes y pequeños?

QUEVEDO.—Era sencillamente un gran señor.

OLIVARES.—¿Quieres decir acaso que yo no lo soy?

QUEVEDO.—También, pero de otra manera.

OLIVARES.—Sin vaguedades. Habla con toda claridad. ¡Te lo ordeno!

QUEVEDO.—Pues bien, señor. Un día os vi dar una limosna a un mendigo. Dejasteis caer la moneda sin mirarle y volviendo la cabeza para evitar su aliento. En cambio, otro día, en Nápoles, un mendigo se acercó a Osuna. Mi señor echó mano a su escarcela, pero no llevaba nada que darle. Entonces se apeó, le entregó su caballo y con sus propias manos le ayudó a montar. Un gran señor es el que sabe convertir una limosna en un regalo.

(OLIVARES *da un paso con los puños apretados.*)

OLIVARES.—¡Insolente!

QUEVEDO.—Perdón, excelencia; me habéis ordenado hablar claro y estoy cumpliendo órdenes.

OLIVARES.—*(Se domina.)* Bien está. Lo que andas buscando a todo trance es la guerra, ¿verdad? Pues tendrás la guerra. Pero no en ese terreno al que me quieres arrastrar para que el mundo pueda decir señalándonos: «Ésa es la noble víctima, el caballero mártir, y ese otro, el odioso tirano, el verdugo.» No, Quevedo, no; es un truco muy viejo y demasiado inocente. Ahora el terreno voy a elegirlo yo. Y por mucho que tu vanidad lo esté deseando, no me obligarás a fabricar un mártir para que aplauda la gradería popular.

QUEVEDO.—No comprendo, señor.

OLIVARES.—Los mártires y los poetas no sabéis vivir sin el aplauso del público. Los que en el circo se dejaban despedazar por las fieras, ¿crees que habrían muerto cantando si no tuvieran delante cien mil espectadores? Vosotros, los poetas, sois capaces de hacer lo mismo por salir en romances y guitarras. Pero esta vez el viejo truco va a fallar, porque yo voy a darte el martirio, pero voy a quitarte el público. Habrá tormento, pero no habrá espectáculo. Nadie te verá cargado de cadenas. No habrá copleros que te canten ni lágrimas de mujer en los balcones. Silencio sobre Quevedo. Silencio absoluto. Vas a ser destrozado, pero ante una gradería desierta. ¿Comprendes ahora?

QUEVEDO.—Ahora sí. Desde el circo romano acá ha progresado mucho el arte de torturar. ¿Habéis elegido ya mi cárcel?

OLIVARES.—Y calculada exactamente a tu medida. No será un simple confinamiento como el de la Torre de Juan Abad, ni una simple celda como la de Uclés.

QUEVEDO.—En todo caso, será la tercera prisión que os debo. ¿Tenéis algo más que ordenar, excelencia?

OLIVARES.—Despacio, que todavía falta lo más delgado. Tú eres fuerte, y sé que para doblarte son poco las cadenas. Pero hasta los más fuertes tienen su punto flaco. Y el tuyo es el frío.

QUEVEDO.—En efecto, señor; vuestros espías están bien informados. Lo que no entiendo es qué relación puede haber entre mi frío y mi delito.

OLIVARES.—¿Conoces León? Allí la Orden de Santiago tiene un hermoso convento: San Marcos. Este diciembre de Madrid es duro, pero León es una estepa de nieve. Y en los sótanos de San Marcos hay una celda donde se filtra gota a gota toda la humedad del río. Durante meses y meses los carámbanos colgarán de tu reja. Por las mañanas, cuando quieras lavarte los ojos, será inútil que vuelques la jarra sobre la jofaina; el agua no saldrá, se hiela dentro de la celda. Y aquel bravo Quevedo de antaño ya está a las puertas de la vejez. ¿Cuánto crees que podrás resistir?

QUEVEDO.—¡Quién sabe, señor! A los españoles, cuando nos creemos más perdidos, siempre hay una cosa que nos salva al final: es esa forma nuestra del orgullo, que llamamos «la negra honra».

OLIVARES.—Pues que ella te salve, si puede. Por mi parte, ¡basta! Te he concedido un tiempo que no habría concedido a ninguno de mis iguales, y no puedo perder un minuto más. En ese jardín hay una carroza que sale para Italia. En ese patio, un coche cerrado que sale para San Marcos. ¡Elige!

(Le vuelve la espalda y va a la mesa a coger el nombramiento. QUEVEDO *sueña un instante con los ojos lejos.)*

QUEVEDO.—Mar caliente de Nápoles... Limoneros de Amalfi... Gracias, Monna Laura. Gracias hasta más allá de la muerte.

OLIVARES.—¡Basta he dicho! ¿Has elegido ya?

QUEVEDO.—¿Yo? Pobre de mí, señor, si fuera yo el que tuviera que elegir. Afortunadamente mi honra negra ha elegido por mí. A San Marcos de León.

(Se inclina y sale. Tal vez arrastra su pierna más que de costumbre. OLIVARES, *inmóvil, rasga el pliego.)*

TELÓN

CUADRO SÉPTIMO

En Villanueva de los Infantes, cuatro años después. Casa de labranza limpia y confortable, servida por DIEGO y LORENZA, criados campesinos

(En la chimenea de leña, reluciente de cobres, LORENZA *enciende el fuego.* DIEGO *muestra sus compras, que va sacando de la alforja.)*

LORENZA.—¿Qué trajiste?

DIEGO.—Lo mejor que encontré en el mercado. Cuatro libras de manchego, dos capones bien cebados, morcilla de piñones, uvas de cuelga... Y la hogaza, nada de cebada ni centeno; pan blanco de trigo.

LORENZA.—Ni que fuera convite de boda.

DIEGO.—Así lo mandó el amo: si sobra, que sobre, pero faltar, que no falte.

LORENZA.—Muy personaje ha de ser ese huésped para que el amo le trate tan a lo dineroso.

DIEGO.—Como que fue secretario en palacio, y es señor de la Torre de Juan Abad, y hasta tiene la cruz de Santiago.

LORENZA.—La tendrá, no digo que no. Pero no habrá sido por eso por lo que estuvo cuatro años en un calabozo.

DIEGO.—No fue por robo ni muerte, mujer. Primero el palacio, después la cárcel, después el palacio otra vez. La corte es así: una noria. Si ahora tocan cangilones llenos, tú con los llenos.

LORENZA.—Yo haré lo que me manden, que para eso estoy. Pero, por si acaso, ya me he traído mi rama de laurel y mi agua bendita y he hecho la cruz en todas las habitaciones.

DIEGO.—¿Laurel y agua bendita?

LORENZA.—Pues qué, ¿no dicen que es brujo?

DIEGO.—Dicen, dicen... ¿Quién lo dice?

LORENZA.—Pero si en todo Infantes no se habla de otra cosa. Te digo que ha estado en los infiernos hablando mano a mano con los propios diablos, ¡y él mismo lo puso después en un libro!

DIEGO.—Habladurías. Si así fuera, ¿cómo iban a escribir preguntando por él condes y marqueses y hasta obispos y priores?

LORENZA.—Allá tú. Pero a mí otra me queda dentro... ¿Crees que vamos a poder dormir tranquilos en esta casa con un hombre así?

DIEGO.—Por mí, si la bodega trasmana y la despensa revienta, tanto me da brujo como cartujo. *(Recoge sus cosas.)* Déjate de melindres y a lo que estamos. «¡Quiénes son mis parientes? Mis muelas y mis dientes.» *(Se oyen cascabeles.)* ¿Oyes?, ya está ahí.

LORENZA.—*(Se santigua rápida.)* ¡Ave María Purísima!

DIEGO.—Echa más leña.

LORENZA.—¿Más todavía?

DIEGO.—El sobrino lo dijo bien claro: que lo primero que se encuentre sea un gran fuego encendido. ¿Dónde está Sanchica?

LORENZA.—Condenación de sobrina, que en cuanto vuelves la cara ya desapareció como por ensalmo. ¿No estará embrujada ella también? *(Llama.)* Sanchica... Sanchica...

(DIEGO *le impone silencio. Entra* QUEVEDO *visiblemente envejecido. Apoyado en un bastón y en el brazo de su sobrino* PEDRO: *un barbilindo untuoso, de mirada gacha.*)

PEDRO.—Despacio, señor tío, despacio... Aquí tenéis la casa que nuestro buen don Bartolomé os suplica considerar como propia, con todas sus llaves, despensas y corrales. Y aquí sus dos fieles servidores, Diego de Lugo y Lorenza, su mujer.

DIEGO.—Al servicio de vuestra merced.

LORENZA.—Bien venido, señor.

QUEVEDO.—Bien hallados, amigos.

PEDRO.—Las ventanas dan a tierra que siempre habéis querido bien. Allá, Sierra Morena, y ahí, los Campos de Montiel.

QUEVEDO.—Parda tierra manchega, tan sufrida y compañera. *(Se acerca a la lumbre.)* La chimenea otra vez, ¡por fin! ¡Cuánto la he soñado en aquellos sótanos de hielo de San Marcos, donde fui cuatro años aprendiz de muerto!

PEDRO.—No penséis más en San Marcos. Fue una pesadilla. Ya pasó.

QUEVEDO.—No pasa. León, Italia, la Mancha... ¿qué más da? Todo es prisión. *(Sueña un instante murmurando:)*

Todo este mundo es prisión,
todo es cárcel y penar.
La cuba es cárcel del vino,
la troje es cárcel del pan;
el cuerpo es cárcel del alma,
y de la tierra la mar.

PEDRO.—¿Decís algo, tío?

QUEVEDO.—Nada. Cosas mías. Ayer yo estaba en San Marcos y el Conde-Duque en palacio. Ahora él está en un calabozo, y yo al amor de la lumbre. Pero libres, libres..., ¿lo hemos estado alguna vez ninguno de los dos?

(Sacude la cabeza espantando la idea.) ¿Quién ha encendido este fuego tan hermoso?

LORENZA.—Yo, señor.

QUEVEDO.—Gracias, Lorenza, no podías haberme hecho un regalo mejor. ¿Hay alguien más en la casa?

LORENZA.—Nadie, señor. Es decir, mi sobrina Sanchica, que será vuestro paje, pero que nunca aparece cuando la llaman.

QUEVEDO.—Buen principio; todos los pajes empiezan así.

LORENZA.—De repente desaparece como si se la tragara la tierra. Después, cuando vuelve, trae los escarpines rotos de tanto andar, y ni a buenas ni a malas hay manera de saber dónde estuvo.

DIEGO.—Basta de cháchara, mujer, que el viaje ha sido largo y el señor tendrá apetito. A guisar la merienda.

QUEVEDO.—A la hora de vuestra costumbre. Primero voy a escribir a vuestro señor don Bartolomé agradeciéndole su casa y su fuego. Ocúpate del equipaje, Pedro.

PEDRO.—Voy, señor tío.

DIEGO.—A su mandado, señor.

LORENZA.—*(Bajo a* DIEGO, *saliendo.)* ¿No te lo dije? El fuego, el fuego, siempre el fuego. Y para más señas, cojuelo. *(Hace la cruz.)* ¡Reniégote!

(QUEVEDO *se sienta a escribir. Se oye una voz delgada que se acerca cantando.)*

VOZ:

Fonte-frida, Fonte-frida,
Fonte-frida y con amor,
do todas las avecicas
van buscar consolación...

(Del campo llega SANCHICA, *rapaza montaraz, luminosa, lejana. Va a pasar ensimismada. Al ver a* QUEVEDO *se detiene bruscamente, entre sobrecogida y curiosa.)*

QUEVEDO.—Buenas tardes, Sanchica. *(Silencio. Retrocede un paso.)* ¿No es tu nombre Sanchica? *(Silencio. Retrocede.)* ¿No eres tú mi muchacha paje, esa que siempre está donde no la llaman, y donde la llaman, nunca? *(Silencio.)* ¿Qué miras con esos ojos grandes tan fijos?

SANCHICA.—¿Eres tú el hombre que estuvo en el infierno?

QUEVEDO.—*(Ríe.)* ¿Yo...?

SANCHICA.—No te rías. Contesta. ¿Eres tú el que estuvo en el infierno?

QUEVEDO.—¿Quién te ha dicho eso?

SANCHICA.—Tía Lorenza lo dice.

QUEVEDO.—No, Sanchica. Acabo de salir de un infierno, eso sí; un extraño infierno de hielo. Pero eso que tu tía cuenta sólo fue un sueño.

SANCHICA.—Y en un calabozo... ¿tampoco has estado en un calabozo?

QUEVEDO.—En un calabozo, sí. Pero no por robar ni por matar.

SANCHICA.—¿Por qué si no?

QUEVEDO.—No lo sé bien. Creo que por hablar.

SANCHICA.—Entonces, ¿eres un hombre como todos?

QUEVEDO.—Te desilusiona, ¿verdad? Pues lo siento, pero sí, un hombre como otro cualquiera. En cambio tú no pareces una muchacha como las demás. Dicen que de repente desapareces tragada por la tierra, y que luego vuelves rendida como si vinieras de lejos. ¿Puedo saber de dónde vienes ahora con esos escarpines rotos?

SANCHICA.—¡Chis...! *(Baja la voz.)* Es un secreto.

QUEVEDO.—Mi paje no puede tener secretos para mí. ¿Adónde vas cuando desapareces?

SANCHICA.—A aprender a cantar.

QUEVEDO.—¿A cantar? ¡Dónde?

SANCHICA.—¡Chisss! *(Comprueba que nadie escucha.)* ¿Ves aquel monte? Al otro lado hay un río. Y al otro lado del río un soto de álamos blancos...

QUEVEDO.—¿Y en aquel soto?

SANCHICA.—En aquel soto hay una calandria que es un milagro. Cuando ella canta, todos los otros pájaros se callan. No se lo digas a nadie. No quiero que la gente se ría de mí. ¿Tú no te ríes, verdad?

QUEVEDO.—Al contrario, Sanchica; a mí los que me hacen reír de pena son los que no serían capaces de atravesar montes y ríos para oír cantar a una calandria.

SANCHICA.—¿Es verdad que escribes libros?

QUEVEDO.—Es mi oficio. ¿Te gustan los libros?

SANCHICA.—Los que tienen estampas, sí.

QUEVEDO.—¿Y los otros, por qué no? ¿No sabes leer?

SANCHICA.—¿Yo? Nosotras no vamos a la escuela; eso es de hombres.

QUEVEDO.—Entonces, ¿dónde aprendes esos romances que cantas?

SANCHICA.—Mi madre los sabía todos.

QUEVEDO.—¿Todos?

SANCHICA.—¡Todos! El de la loba parda:

¡Aquí, perro el de los hierros!
Aquí, perra trujillana...

Y el de Gerineldo:

Gerineldo, Gerineldo,
paje del rey muy querido...

Y el de don Bueso:

¡Ay campos de grana, ay campos de oliva!
Tanta buena gente que llevan cautiva...

¡Todos! ¿Podrías tú enseñarme alguno que ella no supiera?

QUEVEDO.—Romances no creo. Pero una historia verdadera, sí. Porque también en mi vida hay un pájaro secreto, como tu calandria. El mío fue una paloma. ¿Recuerdas el romance que venías cantando?

SANCHICA.—¿El de Fonte-frida? Demasiado triste. Es un preso que no tiene en el mundo más que una tórtola, y un día un cazador se la mata.

QUEVEDO.—Así fue, Sanchica, pero de verdad. Mi calabozo no tenía más que un ventanuco por donde se veían apenas dos varas de campo. Allí nacía una fuente. Y a aquella fuente todas las tardes venía a beber una paloma blanca. Todas las tardes a la hora en punto, como una cita. A fuerza de vernos tan solos los dos llegamos a hacernos amigos. Aquella paloma era mi único reloj y mi única visita; era como una carta que me llegaba todos los días. Nos mirábamos, bebía en la fuente, volvíamos a mirarnos... y «hasta mañana, compañero». Y una tarde pasó el cazador... Y de un solo golpe me dejó sin reloj y sin compañera..., se llevó de una vez todas mis cartas... Hasta aquel día yo, que me había creído siempre solo, no supe lo que es la verdadera soledad.

OSCURO

CUADRO OCTAVO

En el mismo lugar, tiempo después, anocheciendo

(QUEVEDO *dormido en su sillón.* DIEGO *le contempla. Entra* LORENZA *con un tazón humeante.*)

LORENZA.—Señor...

DIEGO.—Chis..., está dormido. Déjate de tisanas y ocúpate de la ropa antes que otro se nos adelante.

LORENZA.—¿De qué ropa?

DIEGO.—Las camisas no estarán contadas, digo yo. Un jubón de terciopelo, bien se pudo perder. Y si faltan unos encajes, ¿no se los pudo llevar el río?

LORENZA.—¡Pero Diego...!

DIEGO.—A la postre es lo único que vamos a sacar en limpio. De lo demás, todas las llaves las tiene el sobrino.

LORENZA.—Entonces, ¿tan malo está?

DIEGO.—Como dicen, con el pie en el estribo. En cuanto a lo de brujo, puedes estar tranquila; ya viste con qué unción recibió los óleos.

LORENZA.—Eso sí; cristiano de ley, como el que más. Pero raro, nunca vi un hombre más raro. ¿Tú le entiendes nada de lo que dice?

DIEGO.—No habla para nosotros, Lorenza. Es como

si hablara para alguien que está lejos. O quizá para él solo.

(*Entra* PEDRO.)

PEDRO.—No debe acostumbrarse a dormir en el sillón. ¿No ha tratado de levantarse?

DIEGO.—Las piernas ya no las siente.

PEDRO.—¿Y dolor?

DIEGO.—Ninguno. Según él, morir es muy sencillo: es un frío que va subiendo poco a poco desde los pies. Ahora lo tiene en la cintura.

(QUEVEDO *balbuce, despertando.*)

QUEVEDO.—Sanchica... Sanchica...

PEDRO.—Tío y señor...

QUEVEDO.—Perdón..., me había quedado traspuesto. ¿No está Sanchica?

DIEGO.—¿Ya desapareció otra vez ese trasgo?

QUEVEDO.—Deja, deja, ya sé dónde está. Después volverá cantando.

LORENZA.—La tisana, señor.

QUEVEDO.—Gracias, Lorenza. Gracias, Diego. No necesito nada.

LOS DOS.—Señor...

(*Salen.* QUEVEDO *toma a lentos sorbos la tisana.*)

QUEVEDO.—Escucha, Pedro. Mis voluntades están escritas y eres mi único heredero.

PEDRO.—Por vuestra alma, señor tío, no hablemos de eso.

QUEVEDO.—Sí, hay que hablar, y ahora mismo. Porque una herencia, además de unos derechos, tiene unos deberes. Tú serás señor de la Torre de Juan Abad, pero también habrás de ser el fiel guardián de mi obra. Mis papeles andan dispersos. Ordénalos todos, sobrino, y reúnelos en un libro donde el que quiera conocerme me conozca entero.

PEDRO.—Tengo copia de todos, señor.

QUEVEDO.—No, de mis versos de Italia no tiene copia nadie. Acércame ese cofre.

PEDRO.—¿Versos de amor?

QUEVEDO.—De amor. Hasta ahora los guardaba como un avaro para mí solo. Pero no quiero que mueran conmigo.

PEDRO.—¿Os parece propio de vuestra edad y dignidad hacer públicos ahora vuestros amoríos de Italia?

QUEVEDO.—Son la parte más luminosa de mi vida. *(Ha abierto el cofre. Acaricia los viejos papeles.)* Salobres de mar..., calientes de juventud y de verdad...

PEDRO.—Pensadlo despacio, señor; el mismo padre Tébar, que tanto os admira, os aconsejó renunciar a esos versos locos de mocedad.

QUEVEDO.—El padre Tébar es un santo, pero el arte no es su jurisdicción.

PEDRO.—Ved que podéis causar un grave daño a vuestra memoria. Permitidme, por lo menos, seleccionar, cortar...

QUEVEDO.—¿Serías capaz? Piensa que sería como cortarme los dedos de la mano. ¡Mi obra soy yo mismo!

PEDRO.—Quedad tranquilo, señor tío; se hará como mandéis. ¿Tenéis algo más que disponer?

QUEVEDO.—Ahora nada, sobrino. ¿Se está apagando esa lumbre?...

PEDRO.—Avisaré a Lorenza.

QUEVEDO.—Y mándame a Diego.

(Sale PEDRO. QUEVEDO *resbala los ojos por sus papeles. Queda un instante soñando.)*

Serán ceniza, mas tendrán sentido...
Polvo serán, mas polvo enamorado...

(Entra DIEGO.)

DIEGO.—¿Llamaba el señor?

QUEVEDO.—Toma. *(Le da una llavecita que lleva al cuello.)* Abre ese bargueño. En el tercer cajón de la izquierda..., el pequeño, encontrarás unas espuelas. Cálzamelas.

DIEGO.—*(Mientras cumple la orden.)* ¿A estas horas? No pensará el señor hacer un viaje.

QUEVEDO.—Sí, Diego, un viaje largo. Cálzalas. Ciñe fuerte. Así. Gracias. (DIEGO *se levanta, pero queda con los ojos prendidos en el brillo.*) ¿Qué miras tan fijo?

DIEGO.—Esas espuelas... brillan de una manera..., ¡parecen de oro!

QUEVEDO.—Para el suelo que voy a pisar no podía ser menos. *(Escalofrío.)* Esa lumbre... Échame una manta sobre las rodillas.

(*Vuelve* PEDRO.)

PEDRO.—Señor tío, en toda la casa no queda un solo tronco que quemar.

QUEVEDO.—*(Casi en un grito. Dolido de ira.)* ¿Y tú, cruzado de brazos? ¿No hay hachas y bosques en Villanueva? Y si no, ¿no podías quemar las tablas de tu cama para mi último frío? ¡Quiero ver alta esa llama..., alta...! *(Un gesto de dolor que domina en seguida.*) Perdón..., no es nada... El sueño otra vez... Silencio... *(Entorna los ojos y reclina suavemente la cabeza. Pausa.* DIEGO, *de rodillas, finge cubrirle con la manta, mientras le descalza las espuelas.* PEDRO, *junto a la chimenea, revisa los papeles de Italia y va echándolos al fuego hasta hacer llamarada alta. Lejos empieza a oírse la voz de* SANCHICA *que canta un antiguo romance. La voz se acerca.* QUEVEDO *despierta iluminado al oírla.)* ¡Sanchica!... Fuera vosotros... Dejadme solo con ella. ¡Fuera! (DIEGO *sale escondiendo en el seno las espuelas.* PEDRO *arroja al fuego los últimos papeles, y sale también. La canción se acerca. Entra* SANCHICA.) ¡Por fin! ¡Cuánto me ha hecho esperar hoy tu calandria!

SANCHICA.—No, hoy no fue la calandria. Fue algo más hermoso. La vaca *Galana* ha parido un ternero con las cuatro patas blancas. ¡Y todo el establo olía a verano!

QUEVEDO.—¿Cómo huele el verano?

SANCHICA.—Como la leche de la ordeña. Como el pan al salir del horno. Me gustan los olores calientes.

QUEVEDO.—Dime todo lo que a ti te gusta. Quiero aprender contigo.

SANCHICA.—¡Qué sé yo..., tantas cosas! Me gustan la dulzaina y los refajos de colores. Me gustan las ventanas abiertas de par en par. Y la gente que trabaja cantando. Y los que hablan fuerte, como tú. Cuando la gente habla bajo es para decir algo malo. También me gustaría ser rica.

QUEVEDO.—¿A qué llamas tú ser rica?

SANCHICA.—Como la mayorala, que tiene un caballo bravo y siete hijos varones. Pero lo que más me gustaría, eso no podrá ser nunca, porque las mujeres no andamos por el mar ni vamos a América.

QUEVEDO.—¿Tanto te interesa América?

SANCHICA.—Dicen que es otro mundo... ¡tan distinto! ¿Es verdad que allí se cría el árbol del pan?

QUEVEDO.—Quién sabe. De América se dicen tantas cosas.

SANCHICA.—Me gustaría tener en mi corral un árbol del pan grande, grande, grande...

QUEVEDO.—¿Para qué tan grande?

SANCHICA.—Para que por las tardes, al salir de la escuela, todos los chicos se subieran a las ramas a merendar.

QUEVEDO.—*(La atrae, le besa las manos conmovido.)* Sanchica amiga, Sanchica compañera, ¿por qué he tardado tanto en encontrarte?

SANCHICA.—¿A mí?

QUEVEDO.—A ti. Cuando yo me reía a gritos de los imbéciles y cuando peleaba contra los falsos y los corrompidos, eras tú lo que buscaba. Cuando clamaba desesperado en las tinieblas, era a ti a quien llamaba. Y ahora, que por fin te encuentro, ¡voy a perderte ya! Escucha, Sanchica, voy a contarte una historia dolorosa, pero con una puerta abierta todavía.

SANCHICA.—¿Un cuento?

QUEVEDO.—Un cuento que está en tus manos terminar. Escucha. (SANCHICA *se acurruca a sus pies.*) Una vez, hace mucho tiempo, había una ciudad toda hecha de vicio y depravación. Tan corrompida llegó a estar que la ira de Dios resolvió arrasarla a sangre y fuego. Entonces un alma piadosa le suplicó: «Señor, si entre tantos pecadores hubiera cincuenta inocentes, ¿tú cólera no perdonaría?» «Búscalos, contestó el Señor: si los encuentras, por amor de esos cincuenta, la ciudad entera será perdonada.» Pero la cifra resultó demasiado elevada, y el alma piadosa volvió a suplicar: «Señor, ¿la perdonarías si encontrara treinta inocentes?» «Búscalos, y si los encuentras también perdonaré por amor de esos treinta.» Pero tampoco fue posible encontrar treinta. Ni veinte. Ni diez. Ni cinco. Ni dos. «¿Perdonarías, Señor, si encuentro por lo menos uno?» «Encuéntralo y perdonaré por amor de ese solo, porque basta un solo hombre para redimir a todos los hombres.» Pero tampoco ese único pudo ser hallado. Y la ciudad fue arrasada por el fuego. Así he buscado yo, Sanchica; he buscado terca y desesperadamente toda mi vida, porque también nosotros, todos los tuyos, estamos sucios de vergüenza y de culpa. Pero nosotros no seremos destruidos.

SANCHICA.—No comprendo... ¿Qué quiere decir todo eso?

QUEVEDO.—Quiere decir simplemente que mientras existas tú, nuestra ciudad podrá ser salvada, Sanchica-Pueblo. Y ahora hazme un último favor. Ponte de rodillas por mí. Yo no puedo. (SANCHICA *se arrodilla en actitud orante. Melodía lejana.*) Señor, me has dado una larga vida de castigos, y te he obedecido sin preguntar. Primero creí que mi castigo era el frío. Después creí que era la soledad. He necesitado una vida entera para comprender que la soledad y el frío son una misma cosa. Si volviera a nacer y volvieras a condenarme a estar solo, volvería a obedecer. ¡Pero solo para la eternidad, no! No me dejes fuera con mi soledad y con mi frío... ¡Ábreme tu puerta, Señor!... ¡Ábreme!

SANCHICA.—¡No!... Espérame, Francisco... Mi señor... ¡Mi señor!

(Llora desesperada abrazada a sus rodillas. La luz ha ido concentrándose hasta iluminar sólo a don Francisco, quieto y sereno. De lejos viene una música, entre sacra y trovadoresca, como una cantiga. La chimenea está apagada.)

TELÓN

NOTAS Y RELACIÓN DE TEXTOS ORIGINALES DE QUEVEDO QUE EN LA OBRA SE GLOSAN

Memorial pidiendo plaza en una Academia.
Romance de la mala fortuna.
Premática del desengaño contra los poetas güeros.
Aguja de navegar «cultos».
Sueño de la Muerte.
Capitulaciones matrimoniales.
Vida de la corte y oficios entretenidos de ella.
Origen y definiciones de la necedad.
El siglo del Cuerno.
El chitón de las tarabillas.
La culta latiniparla.
Premática de las cotorreras.
Lope de Vega: *La gatomaquia,* silvas I y V.
Sobre la *Spongia,* véase Sainz de Robles: Prólogo al teatro de Lope de Vega. (Edición Aguilar.)
La censura de fray Antolín Montojo puede verse en edición Aguilar (*Obras completas de Quevedo,* pág. 183). Dos años después la obra fue publicada con informe plenamente favorable de fray Antonio de Santo Domingo, teólogo franciscano. (Véase en la misma edición y página.)
Carta de Quevedo al duque de Osuna (12 de noviembre de 1617) en que se documenta el vergonzoso reparto de los 50.000 escudos de oro entre los grandes personajes de la corte española. (Véase Astrana Marín: *Vida turbulenta de Quevedo,* página 254.)
El sueño con que termina la primera parte es una escenificación sintetizada del *Sueño del Juicio final, El sueño del Infierno* y *El sueño de la Muerte,* llamado vulgarmente *Visita de los chistes.*

Quevedo fue detenido en el palacio del duque de Medinaceli la noche del 7 de diciembre de 1639. No se le permitió tomar ninguna ropa de abrigo. Uno de los alcaldes de Corte encargados de su custodia, don Francisco de Robles, compadecido al verle tiritar, le dio su ferreruelo.

Don Pedro de Alderete, sobrino y heredero de Quevedo, hizo desaparecer los versos y sátiras de su tío que consideró escandalosos. En cuanto a las famosas espuelas de oro, le fueron robadas después de muerto para que un rico caballero las luciera alanceando a un toro; sacrilegio que, según la tradición, le costó la vida.

RETABLO JOVIAL

CINCO FARSAS EN UN ACTO

A la memoria del maestro Cossío y Antonio Machado.

A Eduardo M. Torner y los estudiantes de Misiones.

Homenaje y gratitud de

A. C.

NOTA PRELIMINAR

En 1931, recién proclamada la República, el maestro de maestros Manuel B. Cossío abría con las *Misiones pedagógicas* un capítulo ejemplar de la educación popular de España. No es hora de recordar aquí la honda raigambre y la limpia entraña social de aquella empresa, pero sí de uno de sus aspectos, primera razón y fuente de estas farsas: el *Teatro del pueblo,* escena andariega que, paralelamente a *La barraca* de García Lorca, recorría el mapa mural de la península llevando los gozos del arte a los más apartados rincones campesinos.

A semejanza de la carreta de Angulo el Malo, que atraviesa con su bullicio colorista las páginas del *Quijote,* el teatro estudiantil de las Misiones era una farándula ambulante, sobria de decorados y ropajes, saludable de aire libre, primitiva y jovial de repertorio. Formado por estudiantes y consagrado a auditorios sin letras, no podía ser de otra manera. Tanto por sus representantes como por su público, la comedia y el drama hubieran resultado géneros demasiado evolucionados para él. En cambio la farsa, el proverbio y la fábula, con su juego violento y su sabor agraz, eran su expresión natural, así como lo eran en la música el romance coral, la cantiga y la serranilla.

Juan del Encina, Lope de Rueda, el Cervantes de los entremeses, el Calderón de las jácaras y mojigangas, Ramón de la Cruz y el sabroso Molière universal formaban la nómina de sus autores predilectos. Pero no vaya a imaginarse nadie, ante la gloria de tales nombres, que impulsaba a los estudiantes misioneros el más remoto propósito «cultista». Lejos de ellos todo intento de reconstrucción histórica y perfectamente lavados de pedantería libresca, si se amparaban en tan ilustres firmas era precisamente por lo que sus temas tienen de milagrosa sencillez y frescura perdurable. «No hacemos más que devolver al pueblo lo que es del pueblo», decía Cossío. Lope el sevillano, Cervantes, Molière, fueron sólo los acuñadores artísticos de esa plata redonda de curso legal en todo tiempo y lugar.

Durante los cinco años en que tuve la fortuna de dirigir aquella muchachada estudiante, más de trescientos pueblos —en aspa desde Sanabria a la Mancha y desde Aragón a Extremadura, con su centro en la paramera castellana— nos vieron llegar a sus ejidos, sus plazas o sus porches, levantar nuestros bártulos al aire libre y representar el sazonado repertorio ante el feliz asombro de la aldea. Si alguna obra bella puede enorgullecerme de haber hecho en mi vida, fue aquélla; si algo serio he aprendido sobre pueblo y teatro, fue allí donde lo aprendí. Trescientas actuaciones al frente de un cuadro estudiantil y ante públicos de sabiduría, emoción y lenguaje primitivos, son una educadora experiencia.

Allí comprobé una vez más que los grandes autores cómicos universales pueden divertir noblemente a un auditorio rural, y acaso más profundamente que a un público cultivado. Lo que en éste es previa disposición sumisa al prestigio de un nombre, es en aquél espontánea adhesión al tema fértil, a la expresión jocunda, a esa mezcla de honradez esencial y sabrosa malicia que le es tan familiar. Al revés de lo que ocurre en las salas urbanas, la obra vive con total independencia del autor y con vida más fuerte que la suya; muchos de nuestros campesinos no han oído jamás el nombre de Cervantes, pero ninguno ignora el nombre, el gesto y la significación de Sancho.

Esto no era ciertamente un descubrimiento. Cien veces, siendo muchacho, había oído contar a mis labriegos de Asturias un desenfadado cuento de sacristanes rijosos besando nalgas por mejillas en la «gatera» de la cocina, o la burla de la proxeneta escondiendo al galán detrás de la sábana que finge mostrar al esposo, o el licencioso romance de un jardinero de monjas; y cuando supe de libros encontré que eran simples deformaciones regionales de otras tantas obras maestras de la literatura: el primero, uno de los *Canterbury Tales* (el cuento del molinero); el segundo, *El viejo celoso,* de Cervantes, y el tercero, la historia XXI de Boccaccio (Masetto de Lamporecchio); obras todas, a su vez, de evidente inspiración folklórica y tradición milenaria. No podía sorprenderme, pues, al mezclarme entre el público aldeano de nuestro teatro para escuchar sus comentarios, oír adelantar el final de un «enxiemplo» de *El conde Lucanor* a gentes que no tenían la menor noticia de que hubo en España un infante Juan Manuel aficionado, antes que el Marqués, a «los cuentos que cuentan las viejas junto al fuego». Sí, resueltamente, no hacíamos más que devolver al pueblo lo que es del pueblo, o por derecho de invención o por colonización tradicional.

Un día me dijo el maestro Cossío:

—Habría que escenificar para nuestro teatro ambulante algún capítulo del *Quijote.*

Antonio Machado, patrono de las Misiones, apuntó certeramente:

—Los juicios de Sancho; además de malicia y donaire, tienen ese sentido natural de la justicia inseparable de la conciencia popular.

(Nadie ha sentido como Machado el supremo valor artístico de las cosas que vienen del pueblo o tienen la fuerza suficiente para volver a él. Por boca de Mairena dijo una vez redondamente: «En nuestra literatura, todo lo que no es folklore es pedantería.»)

Recogí la indicación del poeta como una orden, y una semana después leíamos juntos este *Sancho Panza en la ínsula,* que fue incorporado inmediatamente al repertorio trashumante. Del mismo modo pasó a la escena el proverbio XXXV de *El conde Lucanor,* semilla fraterna de *La tarasca domada,* de Shakespeare (1). He ahí el origen próximo de las dos primeras farsas que incluyo aquí y el origen remoto de las otras tres, realizadas años después en tierras de América, pero obedientes al mismo impulso inicial.

En las que proceden de obras literariamente elaboradas y respaldadas de plena autoridad (Cervantes, Juan Manuel, Boccaccio), mi trabajo se ha limitado a buscar con el máximo respeto la equivalencia dramática de la narración, sin visibles alteraciones en la fábula y los personajes, y trasladando al diálogo escénico, discretamente remozados, el lenguaje y el tono originales.

Por el contrario, en los temas de tradición anónima, llegados hasta mí en su desnudez argumental (la *Fablilla del secreto bien guardado* y *Farsa y justicia del corregidor*), he procedido con todas las licencias artísticamente permisibles. Sobre el cañamazo de una anécdota fértil en sugestiones he alzado sin trabas mi tinglado propio: la arquitectura escénica, la invención y tipificación de personajes, el montaje de situaciones y su resolución

---

(1) Estas dos obras han sido representadas por los estudiantes misionales en centenares de aldeas españolas y aceptadas luego por teatros privados y universitarios de América. El *Sancho* subió a la escena profesional en Buenos Aires, en octubre de 1947, al celebrar los artistas españoles en destierro el cuarto centenario de Cervantes.

dialogal, todo ha sido trazado libremente. En cuanto al lenguaje de que aparecen revestidas, no necesitaré añadir que huye a sabiendas de todo rigor filológico, aceptando alegremente la distorsión pintoresca y el anacronismo venial, sin otra pretensión que la de contribuir a la sazón y colorido del conjunto.

La «fablilla» procede de un cuento popular italiano del que sólo conozco el tema, ignorando si alguna vez ha sido desarrollado literariamente. La farsa del corregidor me llegó por primera vez en forma de apólogo oriental, recogido del dialecto cairota y divulgado en las escuelas de España por mi fraterno amigo Herminio Almendros en su libro *Pueblos y leyendas*. Parcialmente y en vieja versión «a la española» se encuentra en *El Patrañuelo* de Timoneda (Patraña sexta), donde figuran dos de los pleitos tan singularmente resueltos por el justicia rural: el de la mujer embarazada y el del rabo del burro; episodio este último que acaso tuvo en cuenta Cervantes para su colorida narración asnal —¡daca la cola, Asturiano!— de *La ilustre fregona*.

En una palabra, las tres farsas primeras sólo pretenden ser fieles transposiciones de género; las dos últimas re-creaciones personales, con plena libertad. Queden así delimitadas mis aportaciones y mi responsabilidad.

Finalmente, bien comprendo que, tanto por la ingenuidad primitiva de sus temas como por el retozo elemental de su juego —chafarrinón de feria, dislocación de farsa, socarronería y desplante campesinos—, no son obras indicadas para la seriedad de los teatros profesionales. Si a alguien pueden interesar, será a las farándulas universitarias, eternamente jóvenes dentro de sus libros, o al buen pueblo agreste sin fórmulas ni letras, que siempre conserva una risa verde entre la madurez secular de su sabiduría.

A ellos dedico este RETABLO JOVIAL.

A. CASONA.

SANCHO PANZA EN LA ÍNSULA

RECAPITULACIÓN ESCÉNICA DE PÁGINAS DEL «QUIJOTE»

PERSONAJES

Sancho
El Mayordomo
El Doctor
El Cronista
El Sastre
El Labrador
El Viejo con báculo
El Viejo sin báculo
El Graciosico
La Buscona
El Ganadero
Dos Pajes
Guardias, Marmitones, Galopines
y Pueblo de Barataria

Sala de Justicia en el palacio de Sancho. Estrado y sillón con baldaquino rojo en que se lee la siguiente inscripción: «Hoy tomó posesión desta ínsula Barataria el señor don Sancho Panza, que muchos años la goce»

(El CRONISTA, *asomado a un ventanal, contempla la plaza, donde se oyen vítores, tambores, chirimías y repique de campanas. Entra el* MAYORDOMO.)

MAYORDOMO.—¿Viene ya el señor gobernador?

CRONISTA.—En este momento entra en la plaza rodeado de pajes y escuderos. Allí el pueblo le aclama, la guardia le rinde armas y el alcaide le besa las manos.

(Cesa la música y se oye el rijo largo de un rebuzno.)

MAYORDOMO.—¡Qué donosa figura hace nuestro gobernador en su jumento!

CRONISTA.—Pero decidme por vuestra vida, que yo no salgo de mi asombro, ¿qué significa todo esto? ¿Es posible que nuestros señores los duques hayan elegido para gobernarnos a ese villanote de bota y alforjas, con trazas de labrador y barba de dos semanas?

MAYORDOMO.—Los duques nos le envían, en efecto. Pero habéis de saber que todo esto no es más que una famosa burla. Este gobernador que aquí llega no es otro que el gran Sancho Panza, rústico simple y sin sal en la mollera.

CRONISTA.—¿El escudero de ese extraordinario loco al que llaman don Quijote de la Mancha?

MAYORDOMO.—El mismo que viste y calza. Según parece, el tal don Quijote le tenía prometido el gobierno de una ínsula a su escudero que, por lo visto, no está mucho más cuerdo que su amo. Y nuestros señores los duques, en cuyo palacio se hospedaban ahora uno y otro, no han podido imaginar más divertida burla que ésta: hacerle creer al bueno de Sancho que este lugar es la ínsula prometida, y dejarle que la gobierne unos días para ver hasta dónde llega su simpleza, pasando de destripar terrones a administrar justicia y vivir como señor en un palacio.

CRONISTA.—Entonces todos esos que le rinden pleitesía ¿están en el secreto?

MAYORDOMO.—Unos sí y otros no, para que no sabiéndolo algunos tenga esta patraña más trazas de verdad. Tratadle vos con toda cortesía y anotad por escrito los hechos y dichos memorables de Sancho Panza para comunicarlos a la señora duquesa, que espera dos fanegas de risa de esta nunca vista aventura.

CRONISTA.—Silencio. Aquí llega nuestro gobernador.

(Vuelven a oírse vítores y música. Dos soldados de alabarda ocupan los umbrales, y entra SANCHO, *de rústico, seguido por el* DOCTOR, PAJES *y* PUEBLO DE BARATARIA. *El* MAYORDOMO *se adelanta y, rodilla en tierra, le ofrece las llaves en un cojín.)*

MAYORDOMO.—Éstas son las llaves de nuestra ciudad, señor. A vuestro corazón y a vuestro valeroso brazo las entregamos poniendo en vos vuestra esperanza.

SANCHO.—Luego ¿ya soy gobernador?

MAYORDOMO.—Por la gracia de Dios y de nuestros señores los duques, lo sois desde aquí mismo.

SANCHO.—¿Y puedo ya mandar?

MAYORDOMO.—Ardiendo estamos todos en deseos de obedeceros como fieles vasallos.

SANCHO.—¿Quién sois vos?

MAYORDOMO.—Mayordomo soy de este palacio, con licencia vuestra.

(Nuevo rebuzno.)

SANCHO.—Pues a vos mando en primer lugar, señor mayordomo. Cuidad de ese rucio que me ha traído, como si fuera mi propio hermano.

MAYORDOMO.—¿Qué rucio decís?

SANCHO.—Mi pollino, que por no avergonzarle con ese nombre vil, le llamo el rucio por el color de su pelaje.

MAYORDOMO.—*(Altivo.)* ¿Y paréceos que soy yo hombre para cuidar pollinos?

SANCHO.—Paso a paso, señor mayordomo, no madruguéis tanto a ofenderos. Sepamos: si aquí estuviera mi mujer Teresa Panza, ¿qué tratamiento le daríais?

MAYORDOMO.—Tratamiento de señora, por ser la esposa del gobernador.

SANCHO.—Muy puesto en razón. Y si aquí estuviera mi hija, Sanchica Panza, ¿qué tratamiento le daríais?

MAYORDOMO.—De señora también, como a hija de gobernador.

SANCHO.—Pues sabed que ese pollino es mi amigo fiel, mi compañero de fatigas, la lumbre de mis ojos y las telas de mi corazón. ¡Tratadle, pues, con la reverencia debida a un pollino de gobernador! Y llevad entendido que no será el primer asno que reciba honores por méritos que no son suyos.

MAYORDOMO.—Pero señor...

SANCHO.—No se hable más: el gobernador lo manda y basta. Y bien se está en San Pedro en Roma; que con quien tiene el mandar, callar y callar. Y entre dos muelas cordales nunca metas los pulgares. Pues no si no haceos de miel y os paparán las moscas. Dicho está ¡cuídese de mi rucio!

MAYORDOMO.—Como mandéis, señor. *(Al* DOCTOR.*)* ¡Atiéndase al rucio del señor gobernador!

DOCTOR.—(*Al* CRONISTA.) ¡Atiéndase al rucio del señor gobernador!

CRONISTA.—(*A un* PAJE.) ¡Atiéndase al rucio del señor gobernador!

PAJE.—*(Desde la puerta.)* ¡Atiéndase al rucio del señor gobernador!

(La orden se repite fuera, alejándose, en rigurosa escala de precedencia. SANCHO, *que ha seguido pasmado el traslado de órdenes, comenta.)*

SANCHO.—¡Prodigiosa organización! Y vos ¿quién sois?

CRONISTA.—Cronista soy de esta ínsula, a vuestro servicio.

SANCHO.—¿Sabéis leer y escribir?

CRONISTA.—¿Pues cómo no, siendo cronista?

SANCHO.—No os espante la pregunta, que más que cronista soy yo y nunca a leer ni escribir aprendí, si no fue a firmar con unas letras grandes como de marca de fardo, que decían que decían mi nombre. Ahora bien, señor cronista, ¿qué quieren decir esas pinturas que ahí hay?

CRONISTA.—Ahí está escrito y notado el día en que vuestra señoría tomó posesión de este gobierno. Y dice así el epitafio: «Hoy tomó posesión de esta ínsula Barataria el señor don Sancho Panza, que muchos años la goce.»

SANCHO.—*(Mirando en redondo.)* ¿Y a quién llaman aquí «don» Sancho Panza?

CRONISTA.—A vuestra señoría, que en esta ínsula jamás ha entrado otro Panza sino vos.

SANCHO.—Pues advertid, hermano, que yo no tengo «don» ni en todo mi linaje lo ha habido. Sancho Panza soy a secas, y Sancho fue mi padre, y Sancho mi abuelo; y todos fueron Panzas, a mucha honra, sin añadiduras de dones ni de doñas. De casta de labradores vengo y nunca me avergonzaré de ello; que éste es consejo que me dio mi señor don Quijote. Y el que tiene corta la pierna no necesita larga la sábana. Nadie se precie de su cuna, que la sangre se hereda, pero la virtud hay que conquistarla; y la virtud vale por sí sola lo que la sangre no vale. Y más que, mientras dormimos, todos somos iguales: los ricos y los pobres, los mayores y los menores. Y después de muertos, el labrador y el obispo caben en un palmo de tierra. Conque, cepos quedos; que el hábito no hace al monje; y debajo de una mala capa puede haber un buen bebedor... ¡Y no digo más!

DOCTOR.—Ni hace falta, señor, que todo eso está muy en su punto. Pero mirad que no parece bien en un gobernador ensartar tantos refranes, más propios del vulgo que de los hombres sabios.

SANCHO.—¿Y quién sois vos, hombre sabio, ni quién os ha dado vela en este entierro?

DOCTOR.—Doctor soy a vuestras órdenes, graduado en la Universidad de Osuna.

SANCHO.—Pues usad vos de vuestras bachillerías de Osuna y dejadme a mí usar de mis refranes, que son toda mi hacienda. Y nadie se tome con su gobernador; que el que manda, manda; y las necedades del rico, por sentencias pasan en el pueblo. No os vengáis a estrellar contra el más fuerte; que si el cántaro da en la piedra o la piedra en el cántaro, mal para el cántaro. Conque, al buen entendedor... bastante he dicho. Ahora, señores, preparad la comida del gobernador. Y sea abundante, que llevo siete leguas sin probar bocado, y pan y vino andan camino, que no mozo garrido.

MAYORDOMO.—Perdón, señor; antes habéis de administrar justicia, que todavía no es la hora del yantar, y hay aquí unos pleiteantes aguardando.

SANCHO.—¿Son muchos?

MAYORDOMO.—Por ahora, tres o cuatro no más.

SANCHO.—Pues entren esos tales, y lluevan sobre mí pleitos, que si nadie me estorba con latines ni papeles, yo los despabilaré en el aire mejor que el mismo Salomón.

MAYORDOMO.—He aquí la vara de la Justicia. Pero antes de tomarla, fuerza será que cumpláis con una vieja costumbre de esta tierra.

SANCHO.—Así sea, que respetar las costumbres es ley de buen gobierno. Veamos qué es ello.

MAYORDOMO.—Es la costumbre que todo el que viene a tomar posesión de esta famosa ínsula está obligado lo primero a responder a una pregunta que sea algo intrincada y dificultosa. Por esa respuesta el pueblo toma el pulso del ingenio de su nuevo gobernador, y así se alegra o se entristece con su venida.

SANCHO.—Pues venga esa pregunta, que yo sentenciaré lo mejor que pudiere sin perdonar derecho ni llevar cohecho. Y si no acierto, al que da lo que tiene, no se le pida más. Conque adelante el preguntador.

MAYORDOMO.—Pues es el caso, señor, que a la entrada de esta villa hay un puente, y en la mitad del puente hay una horca. Y está mandado que a todo el que pase el puente se le pregunte a dónde va. Si contesta la verdad, se le deja ir libremente; pero si contesta mentira, se le debe ahorcar allí mismo. Pues bien, esta mañana llegó al puente un hombre, y al preguntarle los centinelas a dónde iba, contestó: «Voy a morir en esa horca.» Y ahí está lo grave, señor gobernador: que no hay manera de cumplir con la ley. Porque si se le deja libre resultará que se le deja habiendo dicho mentira, y si se le ahorca resultará que se le ahorca habiendo dicho verdad. ¿Cuál es vuestra sentencia?

SANCHO.—*(Se rasca la cabeza resoplando.)* Vamos despacio, que juez que mal se informa nunca bien pronuncia. ¿Manda la ley que al que diga verdad se le deje ir libre y al que diga mentira se le ahorque?

MAYORDOMO.—Así es.

SANCHO.—Y ese hombre, al preguntarle ¿adónde vas? contesta: a morir en esa horca.

CRONISTA.—Así es también.

SANCHO.—Luego si se le deja ir libre no se cumple con la ley porque ha dicho mentira, y si se le ahorca tampoco se cumple con la ley porque ha dicho verdad.

DOCTOR.—Así mismo.

SANCHO.—¿Y ése es todo el intríngulis? Pues a fe que, o yo soy un porro o este negocio se resuelve en dos paletadas. Porque si no hay manera humana de ahorcar a medio hombre dejando en libertad al otro medio, y si la balanza está en el fiel con las mismas razones para perdonarle que para condenarle, y ni condenándole ni perdonándole se cumple con la ley..., lo que sobra es la ley. Conque perdónese a ese hombre, que de doblarse alguna vez la vara de la justicia, más vale que se doble hacia la misericordia que no hacia el castigo. Ésta es mi sentencia.

MAYORDOMO.—¿Han oído, señores?

PUEBLO.—¡Dios guarde a nuestro gobernador!

MAYORDOMO.—Tomad, pues, la vara de la Justicia; que si todas vuestras sentencias son como ésta, bien seguros podemos estar en vuestras manos.

SANCHO.—Quédese aquí la vara, que ya habrá tiempo de usarla. Y vamos a comer, señores, que no tengo yo la cabeza para tanto pensamiento ni el estómago para tanto ayuno.

DOCTOR.—Esperad todavía, señor; los pleiteantes aguardan.

SANCHO.—Mala costumbre es ésta de traer los pleitos a la hora del comer. Pero en fin, el que quiera estar a las maduras esté también a las duras, y cada palo aguante su vela, que cuando Dios amanece, amanece para todos. Que pasen esos hombres.

(Sale un PAJE *a dar la orden.)*

MAYORDOMO.—Tomad las insignias de vuestro cargo.

(*Ayudado por un* PAJE *le ciñe ceremonialmente un rico tabardo con guarnición de cibelinas, gorra de velludo con pluma y collar de oro.* SANCHO *toma la vara y sube solemnemente al estrado. Entretanto el* DOCTOR *comenta con el* CRONISTA.)

DOCTOR.—¿Qué me decís de nuestro flamante gobernador?

CRONISTA.—Que no tiene pelo de tonto, y no sería yo quien le metiera un dedo en la boca. Por burla se le ha nombrado; pero bien pudiera ser que, si sigue como hasta aquí, las bromas se vuelvan veras y salgan burlados los burladores.

(Pasa el CRONISTA *a su mesa, donde va tomando nota de los juicios. Entran el* LABRADOR *con sus alforjas y el* SASTRE *con ferreruelo y grandes tijeras colgadas a la cintura. Tras ellos entran dos* VIEJOS *barbados —el uno con grueso báculo— que permanecen al fondo esperando su audiencia.)*

SASTRE.—*(Mirando a todos.)* ¿Quién es el señor gobernador?

SANCHO.—¿Quién va a ser? ¿No veis aquí la vara?

(Corren los dos a sus pies, disputándose la palabra.)

SASTRE.—¡Dadme a besar esas manos justicieras!

LABRADOR.—¡Dadme a mí las manos y los pies!

SANCHO.—¡Ni manos ni pies ni besos. Al grano, y barras derechas! ¿Qué negocio es el vuestro?

SASTRE.—¡Justicia contra ese acusador embustero!

LABRADOR.—¡Justicia contra ese ladrón de sastre!

SASTRE.—¿Ladrón yo?

LABRADOR.—¿Embustero yo?

SANCHO.—¡Silencio los dos! Cómo, ¿no ensilláis y ya cabalgáis? ¿Es que puedo yo ver clara una cosa que me contáis turbia? Que hable uno solo.

SASTRE.—Yo soy el acusado.

SANCHO.—Pues pasad vos a este lado; quedaos vos a ese otro. Y hábleme el acusado por este oído, que el otro lo necesito para el que hable después.

(Se inclina a un lado haciendo caracola con la mano en la oreja correspondiente.)

SASTRE.—Yo, señor, soy sastre, que por mala fama que tenga es oficio tan de bien como otro cualquiera. Estando ayer en mi tienda llegó este labrador, me entregó dos cuartas de paño y me preguntó: «¿Habrá bastante con este paño para hacer una caperuza?» Yo, tanteando el paño, díjele que sí. Pero como los sastres tenemos esa maldita fama de quedarnos con una parte del paño como maquila, el hombre volvió a preguntar: «Diga, ¿y no habría bastante para hacer dos en lugar de una?» Yo le comprendí la intención, pero como nada se había hablado del tamaño, respondí que también. Entonces el muy zorro volvió a quedarse pensando y tornó a preguntar: «¿Y no podrían salir tres?» «Sí, como poder, también pueden salir tres.» En fin, por no cansar, que él siguió añadiendo caperuzas y yo añadiendo síes, hasta que llegamos a cinco. Con esto ya le pareció bastante y quedamos en que yo le haría cinco caperuzas. Ahora, al entregárselas, pone el grito en el cielo, y no sólo no me quiere pagar la hechura, sino que pretende que yo le pague o le devuelva su paño. Eso es todo.

SANCHO.—*(Cambiando ostensiblemente de mano y de oreja.)* ¿Es así, hermano?

LABRADOR.—Así es.

SANCHO.—¿Es verdad que vos le encargasteis las cinco caperuzas?

LABRADOR.—Verdad.

SANCHO.—¿Y es verdad que él las hizo con el paño que le disteis y no con otro?

LABRADOR.—Verdad también. Pero él nada me advirtió del tamaño. ¿Y sabe su señoría lo que ha hecho? ¡Muestra, muéstralas a la Justicia!

SASTRE.—*(Sacando la mano de debajo del ferreruelo con una caperucita roja en cada dedo.)* Aquí están las cinco, una por una. Y juro a Dios que nada me sobró del paño, y que están cortadas y cosidas con todas las de la ley.

LABRADOR.—¿No es un escarnio, señor gobernador?

SASTRE.—Considere que él nada me dijo del tamaño. Pues ¿qué creía este bribón que puede hacerse con dos cuartas «adminículas» de paño?

SANCHO.—¡Basta ya! El pleito está bien claro y aquí no han de ser menester más leyes que juzgar a juicio de buen varón. Ninguno de los dos tiene razón porque los dos habéis obrado de mala fe. Por lo tanto, que pierda el labrador el paño, y el sastre que pierda su trabajo. Quédense aquí las caperuzas para enseñanza de pleiteantes. Y lárguense los dos con viento fresco, que no están los gobiernos para perder su tiempo con pleitos menudos de truhanes y maliciosos. ¡Largo ahora mismo! *(Levanta la vara amenazando. Los dos litigantes corren atropellándose.)* ¿Queda algún otro?

DOCTOR.—Estos dos ancianos, con pleito de dineros. *(Se adelantan los dos.)*

SANCHO.—Que hable el demandante.

VIEJO SIN BÁCULO.—Es el caso, señor, que este vecino mío me pidió prestados hace tiempo diez escudos. Díselos con la mejor voluntad y tardé todo lo que pude en reclamárselos por no ponerle al devolvérmelos en mayor necesidad de la que tenía al pedírmelos. Ahora los necesito, y me niega la deuda diciendo que ya me los devolvió y que no me acuerdo.

SANCHO.—¿Tenéis pruebas, buen viejo?

VIEJO SIN BÁCULO.—Ahí está lo malo: que como le tenía por honrado, le entregué los escudos sin firma ni testigos.

SANCHO.—*(Al* MAYORDOMO.*)* ¿Es conocido en la ínsula el demandado como hombre de opinión y de creencia?

MAYORDOMO.—Los dos lo son, señor. De ninguno de ellos se sabe que haya faltado nunca a su palabra.

SANCHO.—¿Qué queréis que haga yo entonces, hermano? Si él se empeña en que sí y vos en que no bajo palabra, nada vamos a sacar en limpio.

VIEJO SIN BÁCULO.—Sólo pido a vuestra señoría que le tome juramento público y solemne. Téngolo por hombre de fe y no le creo capaz de falso juramento.

SANCHO.—Sea como queréis. *(Se pone de pie y muestra un crucifijo.)* ¿Estáis dispuesto a jurar delante de la Santa Cruz?

VIEJO CON BÁCULO.—Dispuesto estoy. Tenme este báculo un momento, vecino. *(Entrega el báculo a su compañero, avanza y pone la mano sobre la Cruz.)* Yo confieso ante Dios que este buen amigo me prestó los diez escudos de oro. Y juro por la salvación de mi alma que se los he devuelto, poniéndolos con mi propia mano en su propia mano, solemne y públicamente. ¡Que el cielo me condene si miento!

SANCHO.—Hecho está el juramento. ¿Puedo hacer algo más por vos?

VIEJO SIN BÁCULO.—Nada, señor. Por encima de todo es cristiano viejo y no va a condenar su alma por diez escudos. No hay duda de que él tiene la razón. Toma tu báculo, hermano, y quede saldada la deuda para aquí y para delante de Dios.

VIEJO CON BÁCULO.—Así sea. *(Recoge el báculo.)* ¿Puedo retirarme, señor?

SANCHO.—Aguarda un poco. *(Medita perplejo con el índice sobre la nariz. Rumia en voz alta las palabras del* VIEJO, *con un rebrillo sagaz en los ojos.)* ¿De manera que se los habéis devuelto... con vuestra propia mano... en su propia mano... solemne y públicamente?

VIEJO CON BÁCULO.—Así fue.

SANCHO.—¿Y tanto os estorbaba ese báculo que no habéis podido jurar con él? A ver, dádmelo acá. ¡Pronto!

VIEJO CON BÁCULO.—¿Por qué, señor?

SANCHO.—Porque algo me huele aquí a gato encerrado. Y a fe mía que si lo hay, es dentro de este báculo donde debe de estar. *(Lo examina buscando algo. Por fin destornilla el puño y vuelca sobre una bandeja, que acerca el* MAYORDOMO, *el báculo hueco, de donde salen las diez monedas.)* ¡Ajá! ¿No lo dije? ¡Aquí está el gato. *(Exclamaciones de asombro.)* Tomad vuestros escudos, buen hombre. Y condénese a ese otro por falsedad pública; que el que sólo dice la mitad de la verdad es igual que el que miente. Rematado el pleito.

MAYORDOMO.—¿Qué os parece de esto, señores?

CRONISTA.—¡Viva mil años nuestro gobernador!

PUEBLO.—¡Viva!

SANCHO.—Déjense de gritos, y si real y verdaderamente quieren que viva, denme algo de comer, que no soy de piedra-mármol y me estoy cayendo de necesidad.

MAYORDOMO.—¡Hola! Tráigase aquí la mesa del señor gobernador, y retírese el pueblo. *(Salen baratarios y litigantes comentando el suceso. Mientras los pajes traen una mesa rica de platos, cubiertos y manteles, el* MAYORDOMO *se acerca a* SANCHO, *que deja su vara y desciende a terreno llano.)* Confieso que no salgo de mi pasmo. ¿Cómo pudisteis descubrir una industria tan sutil?

SANCHO.—Bah, no tiene ningún mérito. Venirme a mí con malicias es como echar agua a la mar. A más que el cura de mi aldea me contó una vez un caso parecido; y tengo tal memoria, que a no olvidárseme todo lo que quiero recordar, no habría en esta ínsula memoria como la mía. *(Se acerca un* PAJE, *ofreciendo, rodilla en tierra, el aguamanos.)* ¿Qué diablos es esto?

PAJE PRIMERO.—El aguamanil, señor, para daros agua a las manos antes de la comida.

SANCHO.—Nunca tal hice yo; pero pase, si es costumbre insular. *(Se lava las puntas de los dedos.)* Y aun me daré con un canto en los pechos si no es más que ésta el agua que los gobernadores han de sufrir en la comida. *(Se sienta a la mesa. El otro* PAJE *acude a ponerle un babador randado.)* ¿Babadores también? Nunca imaginé que fuera tan dificultoso esto de empezar a comer en los palacios. *(El* DOCTOR *se cala sus antiparras y en silencio solemne le contempla palmo a palmo. Pasa tras él y le mira del otro lado. Le toma el pulso, le examina la lengua.)* ¿Qué demonios miráis vos?

DOCTOR.—A vos miro, señor, para saber por vuestra figura qué cosa convendrá mejor a vuestro estómago. Que soy el médico de este gobierno y nada puedo permitiros tomar que sea en daño de vuestra preciosa salud. ¡Sírvanle de esa fruta al señor gobernador! *(Sirve un* PAJE. SANCHO *toma del bien abastecido frutero un gran racimo. A la segunda uva, el* DOCTOR *golpea sonoramente con su varilla en el cristal.)* ¡Basta!

SANCHO.—¿Cómo que basta si aún no había empezado?

DOCTOR.—La fruta es peligrosa por ser demasiadamente húmeda, y así es bien no usar de ella sino al principio de las comidas, como refrescante y sólo para mojar los labios. ¡Entren esas perdices estofadas!

SANCHO.—¿Perdices tenemos? Vengan en buen hora, que ellas me aliviarán mejor que fruta ninguna.

(Destapa el plato y aspira con fruición el vaho. Aparta todos los cubiertos y toma a dedo un muslo. En cuanto le hinca el diente vuelve a oírse la varilla fatal.)

DOCTOR.—¡Basta!

SANCHO.—¿Otra vez?

DOCTOR.—Manjar es éste del que se ha de usar con tiento. Porque ya nuestro maestro Hipócrates, luz y norte de la medicina, dijo en un aforismo *(leyendo en un infolio)*: «Omnis saturatio mala; perdicis autem péssima.» Que quiere decir: «Toda hartura es mala, pero la de perdices, malísima.» ¡Retírese pronto ese peligro! ¿Qué plato es ese otro?

PAJE.—Conejo guisado.

DOCTOR.—Fuera ese guiso también, que el conejo es manjar «peliagudo» y demasiadamente montaraz para estómagos delicados.

SANCHO.—¿Delicado el mío? Paso a paso, señor doctor, que más miedo tengo yo a la hambre que no a la hartura. No me venga con melindres, que más quiero asno que me lleve que no caballo que me despeñe. Y más, que siempre he oído decir que no hay estómago que sea un palmo mayor que otro. Y si el estómago es fuerte, no hay piedra que lo reviente; y si no, no hay ciencia que valga: que lo que es bueno para el bazo es malo para el espinazo. Conque quíteseme de delante y tengamos la fiesta en paz, que de la panza sale la danza. ¡Daca ese vino, muchacho!

(El PAJE *sirve una copa. El* DOCTOR *se interpone.)*

DOCTOR.—¿Vino decís? No en mis días, que el vino anubla el cerebro, altera los pulsos y desata los malos humores del organismo. ¡Libre Dios del vino a nuestro gobernador!

(El PAJE *vuelve el vino al ánfora.)*

SANCHO.—¿Esto más?

DOCTOR.—Así lo dijo Hipócrates. Un sabio, señor.

SANCHO.—¿Y era tonto el que dijo que «ajo crudo y vino puro pasan el puerto seguro»? ¿Que «el pan, el vino y la carne hacen buena sangre»? ¿Que «al buen comer, tres veces beber»? ¿Y que «al catarro, dale con el jarro»? ¡Éstos, éstos son los sabios que yo quiero y no los doctores como vos que, de tanto cuidarme, me acabarán la vida! *(Una fila de reposteros, marmitones y pinches, con pasos concordados de bailete, va desfilando con platos y fuentes incitantes. El* DOCTOR *husmea y los va rechazando con un golpe de varilla. La fila da vuelta a la mesa, ante las narices de* SANCHO, *y regresa virgen a la cocina.)* ¿Qué plato es ése, galopín?

GALOPÍN.—Salpicón de vaca con nabos y cebollas.

SANCHO.—¿Cebollas has dicho? ¡Santa palabra querida!

DOCTOR.—¡Fuera de aquí tal villanía! ¿Y ese otro?

MARMITÓN.—Ternera en adobo.

DOCTOR.—¿Caliente y con especias? Funesto enemigo del «húmedo radical» en que consiste la vida. ¡Vade retro ese adobo! ¡Y ese plato también! ¡Y el siguiente con él! ¿Postre habemus?

MARMITÓN.—Menestra de cabra.

DOCTOR.—¡Absit! Vuelva esa cabra al monte sin mancillar nuestros manteles. ¿Queda algo más?

PAJE PRIMERO.—Olla podrida, señor.

SANCHO.—¡Loado sea Dios! Ahora nadie podrá decir que no; que por la diversidad de cosas que en las tales ollas podridas hay, no dejaré de topar con alguna que me sea de gusto y de provecho.

DOCTOR.—Vaya lejos de nosotros tan mal pensamiento. Allá las ollas podridas para los canónigos, para los rectores de colegios y las bodas de labradores; y déjennos libres las mesas de los palacios donde ha de asistir todo primor y todo atildamiento. ¡Retírese esa olla en seguida!

SANCHO.—Entonces, ¿queréis decirme, ilustrísimo señor doctor, qué es lo que yo puedo comer?

DOCTOR.—Ahora, después de esa fruta y esos vahos de perdiz que habéis tomado, bien será que terminéis con un gran vaso de agua y una tajadica sutil de carne de membrillo, que os ayude a una buena digestión.

SANCHO.—*(Se respalda y lo mira de hito en hito, conteniendo su enojo.)* Prudentísimo consejo. ¿Cómo os llamáis vos?

DOCTOR.—Yo, señor gobernador, me llamo el doctor don Pedro Recio de Agüero, y soy natural de un lugar llamado Tirteafuera, que está entre Caracuel y Almodóvar del Campo, a la mano derecha, y tengo el grado de doctor por la Universidad de Osuna.

SANCHO.—*(Arrastrando cada frase entre los dientes.)* Pues señor don Pedro Recio de mal agüero..., natural de Tirteafuera..., graduado en Osuna..., ¡quíteseme ahora mismo de delante, o si no, voto al sol que tome un garrote y a garrotazos, empezando por vos, no deje médico sano en toda esta ínsula! *(Se levanta rojo de cólera empuñando la vara judicial.)* ¡Fuera de aquí, enemigo de la salud, verdugo de la República! ¡Fuera!

MAYORDOMO Y CRONISTA.—¡Téngase, señor..., téngase!

(El DOCTOR *huye, perdida su solemnidad ante la vara. El* MAYORDOMO *y* CRONISTA *calman y detienen a* SANCHO.)

SANCHO.—Y ahora, señor mayordomo, vea si hay manera de que yo coma algo a modo. Y si no, tómense su gobierno; que oficio que no da de comer, cargue el diablo con él.

MAYORDOMO.—No desespere su señoría. Yo daré órdenes terminantes para que mañana no vuelva a ocurrir esto.

SANCHO.—Para hoy las necesitaba yo: que el hoy ya está aquí, y el mañana aún no lo vi. ¿No podría ser que volvieran a traerme de aquellas perdices?

MAYORDOMO.—Imposible sin licencia del médico. Y menos de esos manjares, que bien pudiera ser que por manejos de algún enemigo vuestro estuvieran envenenados.

SANCHO.—¡Hola! ¿Venenicos también? Por Dios que, según se me va trasluciendo, no es tan gustoso oficio este de gobernar como yo imaginaba.

MAYORDOMO.—A la noche tomaréis una libra de uvas, que no es manjar de peligro. Y ahora, muchachos, álcense esos manteles; y tomad otra vez la vara, que no han de faltar pleitos en el día.

(Retiran la mesa los PAJES. *El* CRONISTA, *que habrá salido durante la escena anterior, vuelve con un* MANCEBO *al que dos guardias sujetan por las mangas.* SANCHO

ocupa, mal resignado, su sillón. Los guardias quedan nuevamente en el umbral.)

CRONISTA.—Aquí está el primero.

SANCHO.—¿Qué pleito trae ese mozo?

CRONISTA.—Nada sabemos todavía. Según me dicen se tropezó en esa callejuela con la ronda y, nada más verla, echó a correr como un gamo. Luego si corría de la justicia, señal que debe de ser un delincuente.

SANCHO.—Suéltenlo y veamos. ¿Qué delito es el tuyo, mancebo?

GRACIOSO.—Ninguno, señor.

SANCHO.—¿Por qué corrías entonces de la justicia?

GRACIOSO.—Para evitar preguntas, que hacen demasiadas.

SANCHO.—¿Cómo te llamas?

GRACIOSO.—Yo no me llamo. Me llaman.

SANCHO.—Ah, ¿graciosico me sois? ¡Pues a fe que tengo yo hoy el cuerpo para gracias! Cuidado, mancebo, que a veces el que va por lana..., ya me entiendes. Conque más respeto y responde discretamente a lo que te pregunten. ¿Adónde ibas cuando te topó la justicia?

GRACIOSO.—A tomar el aire.

SANCHO.—Muy bien. ¿Y dónde se toma el aire en esta ínsula?

GRACIOSO.—Como en las otras: donde sopla.

SANCHO.—¿Burletas a mí? Pues mira, hijo, hazte cuenta que yo soy el aire, y que te soplo en popa, y que te encamino a la cárcel ahora mismo. ¡Hola, guardias! Llevadle a que duerma esta noche en el calabozo.

GRACIOSO.—¿A mí? Por Dios que así me hará vuestra merced dormir hoy en la cárcel como hacerme emperador de las Indias.

SANCHO.—Pues qué, ¿no tengo yo poder para prenderte?

GRACIOSO.—Para prenderme, sí. Para hacerme dormir

hoy en la cárcel, ni vuestra merced ni veinte gobernadores juntos.

SANCHO.—Pues dime, maldito: ¿tienes algún ángel que te saque y te libre de los grillos que te pienso mandar echar?

GRACIOSO.—Vengamos a razones, señor gobernador: por más que me mandéis llevar a la cárcel, y que me metan en un calabozo con grillos y cadenas..., como yo me empeñe en no pegar pestaña, ¿será vuestra merced bastante para hacerme dormir si yo no quiero?

SANCHO.—No está mal. Discreto eres, mancebo. Anda con Dios, que no quiero yo quitarte el sueño. Pero para otra vez no te burles con la justicia, no sea que topes con alguna que te dé con la burla en los cascos. Y puesto que tienes ingenio, guárdalo para cuando haga falta y no lo gastes inútilmente. Que a todo hay quien gane... y en todas partes cada semana tiene su martes.

GRACIOSO.—Bésoos las manos, señor gobernador.

(Sale silbando tranquilamente entre los guardias. Óyense fuera gritos y llantos desaforados.)

SANCHO.—¿Qué griterío es ése? Mujer ha de ser para tanto ruido.

(Entran una mujer desmelenada con aspecto de buscona y el GANADERO.*)*

BUSCONA.—¡Justicia, señor gobernador, justicia! Si no la hallo en la tierra, tendré que pedirla al cielo. ¡Justicia contra este infame!

SANCHO.—Justicia habrá para todos mientras yo tenga esta vara. Pero hablad más bajo, que si no, no oigo. ¿Qué pleito es el vuestro?

BUSCONA.—¡Ay, señor gobernador de mi ánima! ¡Ay, desdichada de mí! ¿Cuándo se vio en esta ínsula semejante injuria a una doncella?

SANCHO.—Paso a paso, señora, que no es más fuerte la razón porque se diga a gritos. Quedaos a este lado; pasad vos al otro, buen hombre. Ahora habladme por este oído; y no me lloréis más, que en cojera de perro y llanto de mujer nunca hay que creer. ¿Cuál es vuestra queja?

BUSCONA.—Mire si es desafuero, señor gobernador. Yo soy una honesta doncella, limpia hasta hoy de moros y cristianos, dura con los galanes como un alcornoque y entera entre ellos como la salamanquesa en el fuego. Este mal hombre topó conmigo a solas en mitad de ese campo, y abusando de mi soledad y desamparo, se aprovechó de mi cuerpo como de trapo tendido, arrebatándome por la fuerza lo que desde hace veintitrés años tenía tan guardado. ¡Vea vuestra merced si tengo razón para clamar al cielo y pedir justicia a gritos! *(Llora desesperadamente.)*

SANCHO.—¿Habéis terminado? Veamos ahora. *(Cambia de oído.)* ¿Qué respondéis vos a la querella de esta mujer?

GANADERO.—Digo, señor, que una parte es verdad y otra mentira, y que no tiene razón contra mí. Yo soy un pobre tratante de ganado de cerda. Esta mañana llegué al lugar a vender —con perdón sea dicho— cuatro cochinos; que por cierto me llevaron de impuestos y alcabalas casi lo que valían. Volvíame a mi aldea, topé de paso a esta mujer. Y yo mozo..., ella bien parecida..., el camino sin gente... En fin, señor gobernador...

SANCHO.—Entendido: que el hombre es fuego y la mujer estopa, y luego viene el diablo y sopla. Adelante.

GANADERO.—Pues, en efecto: que yo la miré..., que ella me miró..., y vino el diablo y... *(Sopla fuerte y largo.)* Pero juro por mi alma, señor gobernador, que yo no le hice fuerza ninguna; que todo fue de buena voluntad y con su pago, y que hasta me aceptó como regalo unos zarcillos de plata. De modo que ésta es la única verdad, y todo lo demás superchería.

BUSCONA.—¡Habráse visto desvergüenza! ¡Injuria sobre injuria! Pobres doncellas desvalidas, ¿qué será de nosotras si la vara de la justicia no nos socorre? *(Llora a gritos y manantiales.)*

SANCHO.—¡Silencio ya! Basta de palabras y de gemidicos. *(Queda meditando. Pausa.)*

CRONISTA.—¿Cuál es vuestra sentencia?

SANCHO.—Difícil negocio es éste. Veamos, buen hombre, ¿lleváis algún dinero encima?

GANADERO.—Veinte ducados de plata en esta bolsa. Son toda mi fortuna.

SANCHO.—Traed acá. Y vos, buena mujer, ¿os conformaríais con estos veinte ducados como pago por el mal que este hombre os ha hecho?

BUSCONA.—*(Radiante.)* ¡Veinte ducados de plata! Oh, gracias, señor gobernador. Dios os premie por la justicia que me hacéis. Dios aumente esa vida que así defiende a los menesterosos y guarda la virtud de las doncellas, ¡Gracias mil veces, señor gobernador! *(Sale con grandes reverencias.)*

MAYORDOMO.—Paréceme, señor, que esta vez no os han guiado el pulso y el ingenio que en los otros juicios pusisteis. Pronto os ablandaron lágrimas de mujer.

SANCHO.—Callad y no juzguéis nunca hasta el fin, que este pleito no ha hecho más que empezar. Ahora sabremos la verdad. Buen hombre, ¿habéis oído mi sentencia?

GANADERO.—Por mi mal la oí, que aquella bolsa era toda mi riqueza y el pan de mi casa.

SANCHO.—Pues bien, corred detrás de esa mujer, quitadle la bolsa y volved acá con ella.

GANADERO.—¿Quitarle la bolsa?

SANCHO.—Y ahora mismo. ¿O necesitas que te lo diga otra vez?

GANADERO.—Pierda cuidado, que ni a tonto ni a sordo se lo ha dicho. *(Corre tras ella.)* ¡Eh, buena mujer! ¡Alto en nombre de la ley! ¡Alto!

MAYORDOMO.—Cómo, señor, ¿ahora os volvéis atrás?

SANCHO.—Silencio, que yo me entiendo, y a perro viejo no hay tus-tus. Lo que sea no ha de tardar en sonar.

(Oyese fuera la voz de la mujer, clamando.)

MUJER.—¡Justicia de Dios y del mundo! ¡Al ladrón, al ladrón! *(Entra con el* GANADERO, *ambos aferrados a la bolsa que disputan hasta que vence la mujer, cayendo el* GANADERO *medio derribado.)* ¡Mire la poca vergüenza y el poco temor de este desalmado, que en vuestro palacio mismo me ha querido quitar la bolsa que vuestra justicia mandó darme!

SANCHO.—Pero ¿os la ha quitado?

MUJER.—¿Quitar? Primero me dejaría yo arrancar la vida. ¡Pues bonita es la niña! Tenazas y martillos, mazos y escoplos, no serían bastante a sacármela de entre las uñas. ¡Antes me sacarían el alma de en mitad de las carnes!

SANCHO.—Así se hace, valiente mujer. Venga acá esa bolsa.

MUJER.—Pero señor gobernador...

SANCHO.—¡Venga he dicho! *(La toma.)* ¿De dónde habéis sacado tantas fuerzas, hermana? Yo os juro que si el mismo aliento y valor que habéis mostrado *ahora* para defender esta bolsa lo hubierais mostrado *antes* para defender vuestra honra, no habría fuerza en la tierra que pudiera contra vos. *(Levantándose y alzando la vara, amenazador.)* Andad enhoramala, embustera, y no me paréis en toda esta ínsula so pena de doscientos azotes. ¡Largo! *(Sale la mujer sollozando protestas.)* Y vos, buen hombre, tomad vuestros ducados y volveos a casa sin parar con nadie en el camino. Y llevad entendido que una buena mujer no se paga con todo el oro del mundo, pero de las otras líbrenos Dios. Que bien dice el refrán: que una buena cabra, una buena mula y una mala mujer son tres malas bestias. Conque mucho ojo, y que no os vuelva a soplar el diablo.

GANADERO.—Dios os lo premie, señor gobernador. *(Sale. Se oye fuera un redoble y un toque de clarín.)*

SANCHO.—¿Trompeticas ahora? ¿Qué quiere decir esa señal?

CRONISTA.—Una de dos: o son noticias importantes o los centinelas han avistado los bajeles moriscos y es un alerta de guerra.

SANCHO.—*(Deja la vara y baja del estrado.)* ¿Guerra y bajeles moriscos?

MAYORDOMO.—Son nuestros enemigos jurados, y siempre hemos de vivir con este sobresalto, bajo amenaza de invasión.

SANCHO.—Linda noticia para terminar la digestión. Y dígame, hermano: cuando los enemigos entran en una ínsula, ¿qué hacen los gobernadores?

MAYORDOMO.—Salir al frente de las tropas. Que es privilegio de su cargo toda la gloria del triunfo o el honor de morir los primeros en la batalla. *(Volviéndose al* PAJE *que aparece con un pliego.)* ¿Son enemigos o noticias?

PAJE.—Un correo urgente del señor duque.

SANCHO.—Menos mal. Vea vuestra merced de qué se trata.

MAYORDOMO.—*(Leyendo el sobrescrito.)* «A don Sancho Panza, gobernador de la ínsula Barataria, en su propia mano o en las de su secretario.»

SANCHO.—¿Y quién es aquí mi secretario?

CRONISTA.—Yo, señor, porque sé leer y escribir y además soy vizcaíno.

SANCHO.—Con esa añadidura bien podríais ser secretario del mismo emperador. Abrid luego ese pliego y sepamos qué dice.

CRONISTA.—«A mí noticia ha llegado, señor don Sancho Panza, que los eternos enemigos de esa ínsula piensan darle un asalto furioso no sé qué noche de éstas. Estad alerta y no descanséis, no sea que os sorprendan a oscuras y acostado. Sé también por espías verdaderos que han entrado en ese lugar cuatro personas disfrazadas para quitaros la vida. Ojo avizor: no os fiéis de nadie que se os acerque y no comáis ningún manjar de cocina, sospechosos todos de veneno. En vuestro valor y en vuestra discreción confío para la salvación de la ínsula. Deste lugar, a veintiséis de julio. Vuestro amigo: El duque.»

MAYORDOMO.—Graves son las noticias. ¿Qué dice su señoría?

SANCHO.—*(Después de una pausa, con una tranquila tristeza.)* Digo, señores, que si así es el oficio de gobernar, no es el hijo de mi madre el que nació para esto. *(Comienza a despojarse de sus insignias.)* Si he de mandar ejércitos y velar sobre las armas, y sentenciar pleitos a todas horas para que la una parte se vaya contenta y la otra me saque el pellejo, y vivir con el temor de que me maten enemigos a los que nunca ofendí, y no comer ni beber vino como manda ese médico verdugo..., si todo eso es gobernar, quédense aquí mis llaves y mis galas, y tómelas el que quiera. A mi trabajo y a mi tierra me vuelvo; que más quiero vivir entre mantas que no morir entre holandas. Devuélvanme mi pollino, mi único amigo fiel, del que no pienso volver a separarme más. Y si algo merezco por lo que hice, sólo pido a vuestras mercedes que me den medio pan y medio queso, que yo comeré de camino a la sombra de una encina mejor que comí en palacio entre manteles brocados. *(Al público.)* Y a vosotros, ciudadanos de esta ínsula Barataria, adiós. Si no os hice mucho bien, tampoco quise haceros mal. Nadie murmure de mí, que fui gobernador y salgo con las manos limpias. Desnudo nací, desnudo me hallo: ni pierdo ni gano. Adiós, señores.

TELÓN

ENTREMÉS DEL MANCEBO QUE CASÓ CON MUJER BRAVA

SEGÚN EL «EJEMPLO» XXXV DE «EL CONDE LUCANOR»

PERSONAJES

Patronio
El Mancebo
El Padre del Mancebo
La Moza
El Padre de la Moza
La Madre de la Moza
Músicos y danzantes.

PRÓLOGO

(Sale Patronio *ante la cortina y habla al pueblo.)*

Patronio.—Ahora escuchad, señores, si os queréis divertir con un antiguo cuento. Y sabed que yo soy Patronio, criado y consejero del muy ilustre conde Lucanor, el cual ha por costumbre consultarme en cuantas dudas le acaecen. Y es la duda esta vez que a un su criado le tratan casamiento con una moza muy más rica que él y de más alto linaje; y siendo así que el casamiento es bueno, no se atreve a llevarlo adelante por un recelo que tiene. Y es el recelo que la tal moza es la más fuerte y la más brava cosa que hay en el mundo, y tan áspera de genio que, a buen seguro, no habrá marido que con ella pueda. Por eso yo, Patronio, consejero fiel, quiero sacar hoy al teatro este cuento que viene aquí como de molde, para que a vos y a mi amo sirva de ejemplo. Y es *La historia del mancebo que casó con mujer brava,* y del arte que se dio para dominarla desde el punto y hora en que se casaron.

Escuchad la historia, que escrita está en un famoso libro, primero de los libros de cuentos que por estas tierras de España se escribieron. Y vaya el gozo y la reflexión que os cause, a la mayor gloria de su autor, el infante don Juan Manuel, que hace seiscientos años fue en Castilla cortesano discreto, poeta de cantares y autor de libros de caza y de sabiduría.

(*Retírase* PATRONIO *y suben al tablado el* MANCEBO *y el* PADRE DEL MANCEBO.)

ESCENA PRIMERA

PADRE.—Dígote, hijo mío, que lo pienses mejor antes que a esa puerta llame. Que la tal moza es muy más rica que nosotros y de más alto linaje; y malo es que la mujer aventaje en prendas y fortuna a su marido.

MANCEBO.—Cierto es. Pero pensad también, padre, que siendo vos pobre, nada tenéis que me dar para vivir a mi honra. Y siendo esto así, si no me concertáis el casamiento que os pido, forzado me veré a hacer vida menguada o a irme de estas tierras en busca de mejor ventura.

PADRE.—Mucho me maravilla tu intento y osadía. Tanto más cuanto que en todo sois diferentes. Tú eres pobre y ella es rica. Más tierras tiene de las que tú podrías andar a caballo en todo un día, aun yendo al trote.

MANCEBO.—No reparéis en eso; que si ella tiene fortuna, yo se la aumentaré con mi esfuerzo. Y si sus tierras son tantas que no se pueden andar en todo un día, aun yendo al trote, ¡yo se las andaré al galope!

PADRE.—Más hay, y es que cuanto tú tienes de buenas maneras, otro tanto las tiene esa moza de malas y enrevesadas.

MANCEBO.—A eso os respondo, padre, que no hay mula falsa donde hay buen jinete, y que yo sabré tenerle fuerte la rienda desde el principio.

PADRE.—Mira, mancebo, que nunca su padre la pudo dominar. Y que tal genio tiene la condenada que no habrá, fuera de ti, hombre en el mundo que quisiere casar con semejante diablo.

MANCEBO.—Llamad a esa puerta, padre. La moza es brava, pero brava y todo es de mi gusto. Y si su padre nos la concede, yo sabré cómo se han de pasar las cosas en mi casa desde el primer día. Llamad sin miedo.

PADRE.—Puesto que tú lo quieres, sea. No dirás luego que no te advertí con tiempo. Pidamos ahora la moza, y quiera el cielo que no nos la concedan. ¡Ah de la casa! *(Llama con su cayado y descórrese la cortina mostrando la casa de la* MOZA. *Está solo el* PADRE, *ocupado en seleccionar unas semillas.)*

ESCENA SEGUNDA

PADRE RICO.—Dichosos los ojos, señor vecino. ¿Qué cosa os trae a mis puertas?

PADRE POBRE.—Esto es, señor y amigo, un ruego que vengo a haceros para este hijo mío.

PADRE RICO.—Sepa yo qué es ello.

PADRE POBRE.—Vos, amigo y señor, tenéis una sola hija...

PADRE RICO.—Una sola, cierto; pero así me pesa como si fueran doscientas.

PADRE POBRE.—Y yo sólo tengo este hijo. Antaño, cuando los dos éramos pobres, juntamos nuestra amistad. Hoy vengo a rogaros, si así os cumple, que juntemos también nuestros hijos.

PADRE RICO.—*(Aparta su quehacer y se levanta pasmado.)* ¿Cómo es eso, vecino? ¿De casamiento os atrevéis a venir a hablarme?

PADRE POBRE.—Ya le advertí al mancebo de vuestra riqueza y de nuestra humildad. Pero él se empeña...

PADRE RICO.—*(Avanza hacia el mancebo, que retrocede perplejo.)* ¿Que este mozo quiere casar con mi hija? ¿No me engañan los oídos?

MANCEBO.—Ésa es nuestra súplica. Si lo tenéis a bien.

PADRE RICO.—¡Y cómo si lo tengo a bien! ¡Dios te bendiga, muchacho, y qué peso vienes a quitarme de encima. *(Lo abraza.)*

PADRE POBRE.—Luego... ¿nos la concedéis?

PADRE RICO.—Lograda está la moza y nunca oí tal, que hombre alguno quisiera casar con ella y sacármela de casa. Pero por Dios que yo sería bien falso amigo si antes no os advirtiera lo que cumple en este trance. Que amigos somos y vos tenéis muy buen hijo, y sería gran maldad consentir en su desgracia. Porque habéis de saber que así es de áspera y brava mi hija igual que una tarasca. Y si el mancebo llegara a casar con ella, más le valdría la muerte que no la vida.

PADRE POBRE.—Tate, tate, señor, no tengáis de eso recelo, que el casamiento es a su sabor. Que el mancebo bien sabe de qué condición es ella, y con todas sus prendas, la quiere.

PADRE RICO.—Siendo así, no se hable más. Yo te la doy de muy buen grado, hijo mío. ¡Y que el cielo te saque con bien de este negocio! *(Oyese dentro griterío de riña y estrépito de platos que se rompen.)* No se espanten: es la moza que está discutiendo amigablemente con su madre. *(Llama a voces.)* ¡Hola, muchacha! ¡Señora! Salid acá que hay grandes nuevas.

(Salen MADRE *y* MOZA *muy airadas disputándose un paño, del que tiran ambas.)*

MADRE.—¡Suelta digo! ¡Suelta!

MOZA.—¡Con las uñas y a tiras ha de ser, que es mío, mío y mío!

PADRE RICO.—Mas ¿qué es esto, señora? ¡Hija indomable! ¿Así os presentáis? ¿No véis que huéspedes tenemos?

MOZA.—*(Desabrida, mirándolos de hito en hito.)* ¿Y qué huéspedes son éstos, ni por qué han de importarnos?

PADRE RICO.—Este mancebo, hija mía, es tu marido.

MOZA.—¿Mi marido? ¿Esto?... *(Hace él una reverencia y ella ríe.)* Gracias por el regalo. ¿No me pudiste encontrar cosa mejor en la feria, padre?

MADRE.—Espantárame yo, marido, si algo hicierais con seso. Pues qué, ¿con el más desharrapado de la villa había de estrellarse nuestra hija?

PADRE RICO.—Callad por una vez, señora, y no repliquéis más. Es mi voluntad y ya está hecho. Mañana será la boda.

MADRE.—*(Furiosa.)* ¡Vuestra voluntad, vuestra voluntad! ¿Y qué voluntad es la vuestra, bragazas? ¡Ay mi hija, mi pobre hija!...

PADRE RICO.—*(Refugiando su confidencia junto al vecino.)* También la madre es buena, amigo. ¡Pero a ésa ya no hay quien me la saque de casa!

(*Córrese la cortina y vuelve* PATRONIO.)

ESCENA TERCERA

PATRONIO.—Ya veis aquí, señores, cómo principia el cuento. Pronto hemos de ver cómo se adoba y acaba. Fuerte es la moza y bien tajado el mancebo. Lo que sea de su casamiento y fortuna, ahora lo sabréis. Yo voime a retirar, que el cortejo llega, y sólo salí para advertiros esta razón: que el casamiento se hizo y ya traen la novia a casa de su marido.

(Saluda al cortejo de bodas que viene por la plaza y sale. El cortejo sube al tablado. Vienen dulzainas, tamboriles y panderos. Luego, el PADRE RICO *y la* MADRE; *detrás, los novios y parejas de mozos y mozas coronados de guirnaldas. Trenzan una danza de cintas y figuras. Cuando el baile termina, entre relinchos y grita, el* PADRE RICO *toma a la* MOZA *de la mano y la aparta a un rincón.)*

PADRE RICO.—Casada sois, hija mía; oídme ahora un consejo: obedeced y servid a vuestro marido, que más sosiego hay en obedecer que no en mandar.

MADRE.—*(Tomando a la* MOZA *de la mano y llevándola al otro extremo.)* Casada sois, hija mía; oídme ahora un consejo: no os dejéis ablandar ni por buenas ni por malas; que al que lame las manos, a ése danle los palos.

PADRE RICO.—Ea, señores, retírese ya el cortejo y déjese a los novios en su soledad hasta otro día.

(Hacen la despedida, entre risas y abrazos, y salen todos cantando. El MANCEBO *decorre la cortina y entra con la novia en su casa. Está puesta la mesa y sobre ella un candelabro encendido. Al fondo, por una ventana, se ve la cabeza del caballo rumiando en el pesebre. Mientras la* MOZA *se quita sus galas y guirnaldas, se oye el canto del cortejo alejándose.)*

ESCENA CUARTA

MANCEBO.—Digo, mujer, que no se cumple con nosotros la costumbre de esta tierra, que es la de adobar cena y mesa a los novios sin que nada falte.

MOZA.—Pues qué, ¿no veis ahí todo?

MANCEBO.—No veo que hayan dispuesto el aguamanos.

MOZA.—¡Aguamanos! ¿Con esa salís, marido? Comed

y callad, que bien acostumbrado estaréis, de vuestra casa, a comer sin lavaros.

MANCEBO.—No tal, que siempre he sido pobre, pero limpio. ¡Lavarme quiero! *(Espera. Al ver que no le atiende da un puñetazo sobre la mesa alzando la voz.)* ¡Lavarme quiero! *(Mira airado alrededor.)* ¡Eh, tú, don perro: dame agua a las manos! *(Otra pausa esperando.)* ¡Cómo! ¿No oíste, perro traidor, que me des agua a las manos? ¡Ah, callas, no obedeces? ¡Pues aguarda y verás! *(Sale furioso entre cortinas y da de cuchilladas al perro, que aúlla espantado.)*

MOZA.—Pero ¿qué habéis hecho, marido? ¿Al perro habéis matado? ¡Miren qué empresa de hombre!

MANCEBO.—Mandéle traer agua y no me obedeció. *(Limpia su espada en el mantel y vuelve los ojos airado alrededor. Se dirige al gato, que se supone al otro lado.)* ¡Eh, tú, don gato: dame agua a las manos!

MOZA.—¿Al gato habláis, marido?

MANCEBO.—¡Cómo, don falso traidor!, ¿también tú callas? Pues qué, ¿no viste lo que fue del perro por no me obedecer? Prometo que si poco ni más conmigo porfías, lo mismo te he de hacer a ti que al perro. ¡Dame agua a las manos ahora mismo!

MOZA.—Pero marido, ¿cómo queréis que el gato entienda de aguamanos?

MANCEBO.—*(Le impone silencio secamente.)* ¿Qué, no te mueves todavía? ¡Ah, gato traidor!... ¡Aguarda, aguarda tú también! *(Sale entre cortinas. Se oyen unos maullidos estridentes y vuelve a entrar con el gato ensartado en la espada. Lo tira contra el suelo.)*

MOZA.—¡Ay, mi gato, mi pobre gato querido!... *(Lo levanta por el rabo comprobando que está muerto. El* MANCEBO *mira en torno cada vez más furioso. Se oye en el patio el relincho del caballo.)*

MANCEBO.—Y ahora vos, don caballo. ¡Dame agua a las manos!

MOZA.—¡Eso no! ¡Teneos, marido, que perros y gatos muchos hay, pero caballos no tenéis otro que ése!

MANCEBO.—Y bien, mujer, ¿pensáis que porque no tenga otro caballo se ha de librar de mí si no me atiende? Guárdese de enojarme, o si no, ¡yo juro a Dios que tan mala muerte le he de dar a él como a los otros! *(Mirándola fijamente avanza hasta ella, que retrocede comenzando a espantarse.)* Y no habrá cosa viva en la casa a quien no hiciera lo mismo. ¡Eh!, ¿oíste, don caballo? ¡Dame pronto agua a las manos!

MOZA.—*(Se santigua.)* ¡Ánimas del Purgatorio!, ¡loco está!

MANCEBO.—¿Qué, no te mueves? ¡Pues toma tú también! ¡Toma! *(Le suelta un pistoletazo. El caballo cae redondo.)*

MOZA.—¡Dios nos valga, marido! ¡Muerto es el caballo!

MANCEBO.—Pues qué, ¿he de mandar yo una cosa y no se me ha de obedecer en mi casa? *(Tira la silla de un puntapié. Vuelve a mirar a todos lados con furia. Fija los ojos en ella y dice reposadamente:)* Mujer..., dame agua a las manos.

MOZA.—¿Agua? ¡Ahora mismo! ¿Por qué no me la pedisteis a mí antes, marido? *(Corre y vuelve con aguamanil y toalla.)* El agua. Aquí está el agua. Dejad, no os molestéis; yo misma os lavaré.

MANCEBO.—Bien está. Dadme ahora la cena.

MOZA.—Sí, sí, sí..., la cena... ahora mismo. Lo que mandéis, señor. Aquí está la cena. *(Le sirve, prodigando sonrisas. Queda en pie mientras él cena.)*

MANCEBO.—Ah, como agradezco al cielo que hicisteis a tiempo lo que mandé. Que si no, con el enojo que tengo, otro tanto os hubiera hecho a vos como al caballo.

MOZA.—¿Y cómo no os había de obedecer, marido?

Bien sé yo que no hay gala que tan bien siente a una mujer como servir y honrar al señor de su casa. Mandadme cuanto queráis, que yo os juro...

MANCEBO.—¡Callad!

MOZA.—Sí, sí, sí, perdón.

MANCEBO.—Mala está la cena.

MOZA.—Sí, sí, sí, mala está.

MANCEBO.—Que no vuelva a suceder.

MOZA.—No, no, no, no volverá. Yo misma la prepararé mañana.

MANCEBO.—Yo voime ahora a la cama.

MOZA.—Sí, sí, sí.

MANCEBO.—Y cuidad que nadie me turbe ni desasosiegue, que con la saña que tuve esta noche no sé si podré dormir. ¡Esa silla!

MOZA.—Sí, sí, sí, la silla... *(Se apresura a levantarla y ponerla en su lugar.)*

MANCEBO.—¡Alumbrad!

MOZA.—Sí, sí, sí.

MANCEBO.—¡Y silencio!

MOZA.—Silencio. *(Le acompaña con el candelabro hasta el umbral, cediendo el paso con una reverencia. Sale el* MANCEBO. *Fuera se oye nuevamente la canción de bodas. La* MOZA *se vuelve aterrada imponiendo silencio en todas direcciones.)* Eh, locos, ¿qué hacéis? ¡Callad, no turbéis a mi marido; si no, todos, todos somos aquí muertos esta noche! *(Va apagándose la música lejos. Ella impone silencio hacia el público, andando en puntillas, mientras corre la cortina suavemente.)* ¡Silencio! ¡Silencio todos, por Dios..., que duerme mi señor!

(Queda el teatro a oscuras un momento. Canta el gallo del alba y empieza a amanecer.)

ESCENA QUINTA

(Ante la cortina)

(Sale sigilosamente el PADRE DE LA MOZA *y escucha con la mano en la oreja.)*

PADRE RICO.—Nada... Por mi fe que es sospechoso tanto silencio. ¿Qué habrá pasado aquí? *(Llama.)* ¡Mi yerno!... ¡Mi yerno!... *(Sale el* MANCEBO.*)* Eh, ¿qué tal?

MANCEBO.—Ya está mansa la tarasca.

PADRE RICO.—Imposible. ¿Mansa mi hija?

MANCEBO.—Como una cordera.

PADRE RICO.—Maravilla grande es ésa. Pues ¿cómo te las pudiste arreglar para conseguir tal milagro?

MANCEBO.—Tirando fuerte de la rienda desde el principio. Mandéle traer agua al perro, y como no lo hizo, matélo a cuchilladas delante de ella. Hice luego lo mismo con el gato. Y después, con el caballo. Así que cuando le mandé traer agua a ella, hízolo volando por miedo a correr la misma suerte. Y yo os juro que, de hoy en adelante, va a ser vuestra hija la mujer más bien mandada del mundo. Y juntos tendremos muy buena vida.

PADRE RICO.—Diablo, diablo, rapaz..., y qué gran idea me estás dando. Si yo pudiera hacer lo mismo con la madre... ¡que también es buena!

MANCEBO.—No sé qué os diga, mi suegro, sino que nunca segundas partes fueron buenas. Y que os acordéis de aquellos versos del conde Lucanor:

«si al principio no muestras bien quién eres,
nunca podrás después cuando quisieres».

Silencio. Ahí viene vuestra mujer.

PADRE RICO.—Por tu alma, rapaz, ¡déjame esa espada!

MANCEBO.—Tomadla. Y que el cielo os ayude. Adiós, mi suegro.

(Sale. Descórrese la cortina. El PADRE *adopta una gallarda actitud apoyado en su espada y entra la* MADRE.)

ESCENA ÚLTIMA

MADRE.—¿Qué hacéis aquí, marido, tan temprano y con una espada desnuda?

PADRE RICO.—*(Autoritario.)* ¿Y quién sois vos para preguntarme nada, señora?

MADRE.—¡Cómo! ¿Qué quién soy yo, decís?

PADRE RICO.—Hablad cuando os manden y mucho cuidado con enojarme.

MADRE.—Hola, marido, ¿ésas tenemos?

(Canta el gallo en el corral.)

PADRE RICO.—Y antes de replicar más palabra, mirad bien lo que voy a hacer. Eh, tú, don gallo, ¡tráeme agua a las manos!

MADRE.—Pero ¿qué hacéis, don Fulano? ¿Al gallo estás hablando?

PADRE RICO.—Silencio, y ojo a lo que va a pasar aquí. Eh, gallo traidor, ¿no oíste que me des agua a las manos? ¿Qué, no obedecerás por las buenas? ¡Pues aguarda, aguarda!... *(Sale furioso al corral, donde se oyen cintarazos y algarabía de gallos y gallinas.)*

MADRE.—Ya... ¡Arroz se nos prepara! *(Se remanga los brazos esperando tranquila. Vuelve el* PADRE *trayendo al gallo por el cuello.)*

PADRE RICO.—¿Viste lo que fue de este gallo maldito por no me obedecer?

MADRE.—Sí, bien lo entiendo. Pero tarde os acordasteis, marido. Por ahí debierais haber empezado hace treinta años, que ahora ya nos conocemos demasiado, y de nada os valdría conmigo aunque mataseis cien caballos. *(Arrebatándole el gallo y golpeándole con él.)* ¡Andad adentro, bragazas! ¡Andad, andad!...

FIN DEL ENTREMÉS

FARSA DEL CORNUDO APALEADO

SEGÚN LA HISTORIA LXXVII DEL «DECAMERÓN»

PERSONAJES

El Prólogo
Mícer Egano, *rico mercader*
Beatriz, *su esposa*
Anichino, *su intendente*
Brunela, *dueña*
Dos Criados.

PRÓLOGO

(Sale entre cortinas el PRÓLOGO, *criado de Mícer Boccaccio, luciendo un amplio tabardo pícaro a cuadros multicolores, con heráldica de naipes y juglaría. Saluda a lo cortesano con profunda reverencia.)*

Nobles mujeres de Florencia: damas altísimas y humildes menestralas, aturdidas doncellas y matronas prudentes, solteras llenas de sueños y casadas ya despiertas; a vosotras y sólo a vosotras, que sois la sal de la tierra y el jardín de la vida, ¡salud!

Si algún sesudo varón se ha deslizado al descuido en este ilustre senado, a tiempo está de retirarse, que mi amo y señor, Mícer Boccaccio, sólo de las mujeres fía, sólo a las mujeres canta y sólo a ellas dedica lo que ha escrito y lo que espera escribir mientras le queda vida.

Y hecha esta aclaración y este saludo, diré la embajada que mi dueño y señor me ha encomendado.

Recordaréis, dulces amigas mías —son las palabras de mi señor Boccaccio—, recordaréis que hace años, cuando la peste asolaba a nuestra querida Florencia, os hice una sagrada promesa. Era el día un martes por la mañana, y era el lugar la iglesia de Santa María la Nueva. Todo a nuestro alrededor era desolación y llanto. En vez de arpas y laúdes, sólo se oía el doblar de las campanas y la letanía de las rogativas y procesiones públicas. En vez de galantes carrozas, atestaban nuestras calles interminables filas de angarillas con la sábana de los apestados o el crespón de los muertos. El esposo abandonaba cobardemente a la esposa; los padres huían de sus propios hijos, y los malhechores aprovechaban el sueño de las leyes para sembrar mayor espanto, saqueando las casas indefensas y despojando sacrílegamente a las víctimas.

¿Qué podía yo hacer por vosotras en tan funesta ocasión? Sólo una cosa: ofreceros la risa y el ingenio para combatir el mal; contaros las más divertidas historias que supiese o inventar las que no supiese, con tal de alejar de vosotras los negros pensamientos.

Tal fue la promesa que os hice aquel terrible martes en Santa María la Nueva, y que vengo cumpliendo sin descanso, hasta tal punto que la historia que os presento esta noche hace el número setenta y siete de las cien que pienso escribir si el aliento me alcanza y vuestra venia no me falta.

Pues bien, amigas mías: ¿podéis creer que tan gentil intento, lejos de valerme plácemes, me ha valido las más acerbas críticas de esos enemigos del género humano que se llaman censores? ¡Y con qué aspaviento de gritos, silbidos y dentelladas! Poco les ha faltado para pregonar mi cabeza como corruptor de costumbres y enemigo de la República.

Confieso que todavía no he salido de mi asombro. Creía yo que la envidia es vendaval que solamente sopla contra las cumbres altas; pero, al parecer, también lo hace contra las más humildes colinas, puesto que ahora se ha desatado contra mi pobre ingenio, lo cual en verdad no sé si lamentar o agradecer, pues siempre he oído decir que los escritores sin talento son los únicos que se libran de la crítica. Y ya que por vosotras se me condena, ante vosotras traigo mi defensa, como único tribunal legítimo.

De tres crímenes me acusan esos feroces mastines de la moral pública. Primero: de rebajar mi natural ingenio, desperdiciándolo en historietas galantes al servicio de una cosa tan ínfima y liviana como sois las mujeres. A esto contesto que, si la galantería es un pecado, yo me declaro cien veces pecador. Si amaros sobre todas las cosas es un delito, yo me confieso alegremente el más feliz de los delincuentes. ¿Qué culpa tengo yo si todo en vosotras lo encuentro hermoso? ¡Si hasta vuestros pecados, sólo por ser vuestros, no me parecen más que un travieso adorno de vuestras virtudes! Discretos eran los antiguos, y al representar en las Musas toda la belleza y la sabiduría del mundo, a todas nueve dieron forma de mujer. Y a fin de cuentas, si las mujeres son tan faltas de seso y peso como dicen mis censores, déjenme a mí tan deliciosa carga, y allá ellos con todo el peso de los hombres.

Es el segundo crimen —según los dichos censores— que no sienta bien a la dignidad de mis canas entretenerme en bagatelas amorosas, más propias de aturdidos mozalbetes y ociosos libertinos que de hombres sabios y maduros. A esto respondo que para el amor hay edades buenas y menos buenas, pero ninguna mala. Básteles el ejemplo de ilustres varones que honraron nuestra ciudad, como Guido Cavalcanti y el divino Dante Alighieri, los cuales vivieron vida más larga que la mía sin avergonzarse de emplearla entera en esta gaya ciencia del amor. En cuanto a la muchedumbre de mis años, quizá sea su única generosidad la de añadirme algunos, que en esto no son tacaños. Pero no se dejen engañar por el color de mis cabellos, porque acaso yo sea como el puerro, que por blanca que tenga la cabeza, siempre conserva verde la cola. Piensen que es torpeza insigne juzgar por la cabeza lo que se escribe con el corazón.

Y en cuanto a éste, lo único que siento es tener uno solo, que si cien tuviera cien os ofrecería, dulces señoras mías.

Acúsanme finalmente de libertades de lenguaje, reprochándome el servir demasiado crudo lo que otros suelen servir bien adobado; de mostrar al desnudo las costumbres de mi tiempo en vez de cubrirlas con un piadoso velo, y de obedecer a ciegas las leyes de la naturaleza en lugar de adoptar los disfraces de la buena educación. Manía es ésta de hipócritas timoratos, que tienen más miedo a las palabras que a las cosas. Ninguna palabra es mala por sí misma, y más a menudo está la malicia en los oídos del que escucha que en los labios del que cuenta.

Respecto a las costumbres, yo no las inventé; no hago más que reflejarlas como un espejo fiel. Si ellas son licenciosas, ocúpense mis censores de reformarlas en lugar de tirar piedras al espejo.

Y en cuanto a la supremacía de la naturaleza o de la educación, nada pienso contestar por mi cuenta. Me bastará recordar una vieja historia florentina titulada *Las ocas del hermano Filipo*. Y ésta, señoras mías, os la doy de barato, sin ponerla a la cuenta de las cien prometidas. Dice así el cuento:

«Érase en otro tiempo, en nuestra buena Florencia, un ciudadano llamado Filipo Balducci, el cual se quedó viudo al nacer su único hijo. Desengañado de esto que llaman «vanidades del mundo», resolvió retirarse a una cueva en el monte Asinaio y educar allí a su hijo, lejos de todo apetito carnal, criándolo en una santa ignorancia de la tierra como camino más corto para alcanzar el cielo. Creció, pues, el joven Filipo en la oscuridad de su caverna, sin conocer placer ni tentación y, por supuesto, sin haber visto jamás una mujer ni haber oído siquiera esa palabra.

»Cuando el inocente salvaje cumplió dieciocho años,

quiso el buen padre probar los frutos de tan bizarra educación y trájolo consigo a Florencia a pedir limosna para su ermita. Miraba pasmado el mozo la belleza del mundo que se le presentaba por primera vez, y todas sus preguntas dormidas se despertaban de pronto: —¿Qué fiera es aquélla tan gallarda, padre? —Es un caballo, hijo mío. —¿Qué es aquel camino que se arrastra, padre? —Es un río, hijo mío. —¿Y aquello que relumbra, padre? —Un palacio, hijo mío.

»Llegaban así a las puertas de la ciudad, cuando vieron un tropel de hermosas mujeres que venían de una boda cantando y riendo alegremente. No hizo más que verlas el joven Filipo y se quedó pálido de repente. —¿Qué es eso que se nos viene encima, padre? —Aparta, hijo; son unos animales peligrosos. —¿Cómo se llaman esos lindos animales, padre? —No recuerdo bien; creo que se llaman... ocas. Pero camina y no vuelvas la cabeza, hijo. ¡Mira cómo se encabrita aquel caballo! ¡Mira cómo relumbra aquel palacio! —¡Al demonio palacios y caballos! ¡Yo quiero una oca, padre! ¡Yo quiero una oca!»

Los que piensen que la educación es más fuerte que la naturaleza, que le pregunten al hermano Filipo.

Y basta de preámbulos, que ya va siendo demasiado larga la disculpa para una culpa tan corta.

Esta noche voy a presentaros mi último cuento, el cual, para no escandalizar a mis censores con palabras malsonantes, he titulado simplemente: *Cornudo, apaleado y contento.*

Si los imprudentes varones que han penetrado en este recinto lo han pensado mejor, aún están a tiempo de retirarse. Mis palabras, repito, van dedicadas solamente a vosotras, benditas mujeres, gloria de Florencia y alegría del mundo. A vosotras, ¡ocas despertadoras de este eterno Filipo que es el corazón del hombre!

(Retírase el PRÓLOGO.*)*

ESCENA PRIMERA

Cámara en casa de Mícer Egano. Al fondo, balcón ojival con hiedras azules. A un lado, el lecho con baldaquino; al otro, la puerta. Un arcón y mesa volante con tablero de ajedrez. De noche

(BRUNELA, *arrodillada, termina de calzar botas y espuelas a* MÍCER EGANO. BEATRIZ *descuelga capa y espada.)*

EGANO.—Ciñe fuerte, Brunela. Son catorce leguas y he de galopar todo el camino.

BEATRIZ.—¿Puede saberse, marido, a qué se debe este atropellado viaje?

EGANO.—Simples negocios, mujer; ya te dije.

BEATRIZ.—¿Así tan de repente, en plena noche y con tanto misterio?

EGANO.—En ciertos negocios tan importante como la diligencia es el secreto. ¿Por qué preguntas con tanta insistencia?

BEATRIZ.—Porque es muy sospechoso todo esto. Esta mañana nada sabías de ese dichoso viaje; por la tarde, aún hablabas de una posible cacería. Y de repente: «¡Botas y espuelas; que ensillen mi mejor caballo; tengo que estar en la Hostería del Gallo al amanecer!» *(Le mira recelosa.)* ¿No me ocultas nada, marido?

EGANO.—¿Te he ocultado algo alguna vez?

BEATRIZ.—¿Y por qué no había de ser ésta la primera? ¿Quién me asegura que ese negocio tan secreto no tiene los ojos negros y que en la Hostería del Gallo no hay tapada alguna gallina?

EGANO.—*(La acaricia satisfecho.)* ¿Celosa? Gracias, querida; dicen que los celos son prenda de buen amor.

BEATRIZ.—En tal caso, mal puedo pensar de ti que nunca los has sentido.

EGANO.—Sería injuriar a la mujer que toda Bolonia pregona como la más virtuosa y fiel de las esposas. Pero ya que has sospechado de mí, voy a satisfacer tu curiosidad.

(Llaman a la puerta. Voz de ANICHINO.)

VOZ.—¡Señor!

EGANO.—Adelante.

(Entra ANICHINO. *Dos criados que le preceden con faroles o candelabros quedan en el umbral.)*

ANICHINO.—El caballo está ensillado. No tenéis tiempo que perder.

EGANO.—Aguarda un momento. (*A* BEATRIZ.) ¿Te merece fe la palabra de nuestro intendente?

BEATRIZ.—Completa. Nunca he oído una mentira de sus labios.

EGANO.—Pues bien, mi fiel Anichino, dile a tu señora cuál es el motivo de este repentino viaje.

ANICHINO.—Mícer Egano debe llegar a la Hostería del Gallo antes que se pongan en camino unos mercaderes que duermen allí esta noche, conduciendo una partida de especias y tapices de Oriente. Es importante que mi señor compre esa partida mañana al amanecer.

BEATRIZ.—¿No podía hacerlo más reposadamente cuando esos mercaderes lleguen a Bolonia?

ANICHINO.—Sería demasiado tarde. Hemos tenido noticias fidedignas de que la flota veneciana que venía con cargamento de Catay ha sido apresada por los turcos. Cuando esto se sepa en el mercado, el valor de esas especias subirá como la espuma, y mi señor puede vender por la noche en veinte mil escudos lo que haya comprado en diez mil por la mañana.

BEATRIZ.—Entonces ¿es lo que se llama un robo?

ANICHINO.—Es lo que se llama un negocio. Y bien mirado, hasta un acto de patriotismo, ya que será la ocasión de demostrar una vez más que la espiritual y doctísima Bolonia no tiene nada que envidiar a la mercantil y serenísima Venecia.

EGANO.—¡Bravo, Anichino! Eres tan prodigiosamente inteligente que siempre dices lo que yo estoy pensando.

ANICHINO.—Gracias, señor. Abajo espero; será un honor para mí tener el estribo, como criado, al hombre al que debo cuanto soy. *(Saluda respetuosamente a* BEATRIZ *y sale.)*

EGANO.—¿Estás ya satisfecha?

BEATRIZ.—Mi curiosidad sí, pero no mi gusto. Si te parece que la soledad es bastante compañía...

EGANO.—¿Qué quieres decir?

BEATRIZ.—No sé... ¡Son tan tibios estos primeros días de primavera! ¡Huele tan hondo el aire al rozar las hiedras azules del balcón!

EGANO.—Déjate de niñerías. Diez mil escudos bien valen una noche.

BEATRIZ.—Tal vez. Las esposas y los maridos no solemos tener la misma idea del valor de una noche. *(Le tiende la capa.)* Feliz viaje, querido.

EGANO.—Adiós, Beatriz. Y no tengas miedo en mi ausencia: Anichino velará por ti y por mi casa como si fuera yo mismo. Vamos, muchachos.

BRUNELA.—Que San Cristobalón, patrón de caminantes, le acompañe. *(Sale* EGANO *seguido por los criados.*

BEATRIZ *se despereza discretamente y aligera sus ropas.)* ¿Vais a acostaros ya? ¿Quéreis que os caliente las sábanas con un brasero?

BEATRIZ.—¿Para qué? Hace una noche deliciosa.

BRUNELA.—No importa; una cama sin marido es siempre una cama fría.

BEATRIZ.—Muy segura lo dices.

BRUNELA.—Soy tres veces viuda.

BEATRIZ.—No es el frío lo que puede desvelarme. El miedo sí.

BRUNELA.—Cerraré el balcón. Mi madre decía que los enamorados y el miedo siempre entran por los balcones.

BEATRIZ.—¿Era miedosa tu madre?

BRUNELA.—Tenía experiencia. *(Cierra.)* ¿Os ayudo a desnudaros?

BEATRIZ.—Todavía es temprano. (BRUNELA *bosteza.*) ¿Tanto sueño tienes?

BRUNELA.—No sé lo que me pasa esta noche: un sopor, como en invierno cuando se bebe el vino caliente.

BEATRIZ.—Ojalá pudiera yo decir lo mismo. Pero siento que no voy a poder dormir: desde que me casé, es la primera vez que me encuentro sola.

BRUNELA.—¿Queréis algún libro edificante para divertir los pensamientos? Tengo en mi cuarto una vida de Santa María Magdalena.

BEATRIZ.—Historias de santos, no; suelen traer muy malos ejemplos. Mejor irá con mi ánimo un poco de música. *(Toma el laúd. Canta una melodía lánguida.* ANICHINO, *desde la puerta, escucha el final.)* ¡Oh!, ¿estabais escuchando?

ANICHINO.—Hasta donde es posible escuchar cuando se os mira.

BEATRIZ.—Gracias. ¿Es todo lo que teníais que decirme?

ANICHINO.—Mi señor ha partido y la servidumbre se ha retirado a descansar. ¿Tenéis alguna orden para mí?

BEATRIZ.—Nada. ¿Habéis cerrado bien todas las puertas?

ANICHINO.—Con doble llave. Si algo os da miedo durante la noche llamadme sin reparo, que yo no dormiré velando vuestro sueño.

BEATRIZ.—Siempre gentil.

ANICHINO.—Soy vuestro criado.

BEATRIZ.—Ya no; más que como intendente os precio como amigo y consejero. Si algo queréis hacer por mí amigablemente, acompañadme al ajedrez. El tablero está esperando.

ANICHINO.—No podíais ofrecerme nada más de mi gusto.

BEATRIZ.—Pero ha de ser con una condición: que me tratéis como a un rival digno de vos.

ANICHINO.—No comprendo.

BEATRIZ.—¿Creéis que no lo he notado? Cuando jugáis con un caballero no perdéis nunca; cuando jugáis conmigo siempre me dejáis ganar. Y no quisiera tener por gentileza lo que se ha de conquistar en buena ley.

ANICHINO.—Aceptado el desafío. ¿En guardia?

BEATRIZ.—En guardia. *(Mueven.)* Vuestro peón de dama es la primera víctima.

ANICHINO.—No podía morir de mejor muerte.

BEATRIZ.—*(Viendo que la mira fijamente y suspira.)* Pero ¿a dónde miráis, Anichino? ¿Acaso está en mis ojos el tablero?

ANICHINO.—Perdón. *(Mueve.)*

BEATRIZ.—Si no ponéis más atención, no os auguro nada bueno. Nuevo peón perdido.

BRUNELA. — *(Bosteza.)* ¿Tiene muchos peones ese juego?

BEATRIZ.—Para tu sueño, demasiados. Puedes retirarte, Brunela.

BRUNELA.—Gracias, señora. Buenas noches, señor intendente. *(Sale pesadamente y cierra la puerta.)*

BEATRIZ.—Vuestro caballo de rey está en peligro.

ANICHINO.—Retrocedo.

BEATRIZ.—Pero ¿dónde estáis esta noche? Las blancas son las mías.

ANICHINO.—Entonces no hay salvación. *(La mira y suspira nuevamente.)*

BEATRIZ.—¿Otro suspiro? ¿Tanto os duele perder un caballo?

ANICHINO.—Penas más hondas son las que me tienen sin sosiego. Pienso en un pobre amigo mío que esta misma noche y a esta misma hora, ante una mesa como ésta, se está jugando su corazón y su vida.

BEATRIZ.—Extraña relación. ¿Es un acertijo?

ANICHINO.—Es una historia de amor.

BEATRIZ.—Magnífico; me encantan las historias. ¿Queréis contármela?

ANICHINO.—Es una historia triste.

BEATRIZ.—Mejor; me encantan las historias tristes; sobre todo si terminan bien.

ANICHINO.—Ésta no ha terminado todavía.

BEATRIZ.—Entonces hay esperanzas. Jaque a la dama, y ya escucho.

ANICHINO.—*(Suspira largamente.)* La cosa comenzó en Francia hace tres años, junto al fuego de una chimenea. Mi amigo, descendiente de una noble familia florentina, vivía alegremente en París su vida de estudiante, sin sospechar siquiera qué sabor tiene una lágrima de amor. Hasta que una noche, cenando con unos caballeros que volvían de Jerusalén, oyó hablar por primera vez de una prodigiosa desconocida que había de trastornar su vida entera. Jaque al rey.

BEATRIZ.—*(Aparta el tablero.)* ¿Qué importa el rey ahora? Prefiero París y las desconocidas prodigiosas y los caballeros de Jerusalén. Seguid.

ANICHINO.—Contaban aquellos peregrinos las maravillas que habían visto en sus largos viajes. Hablaban unos de la rubia Inglaterra, otros de la luminosa España, otros de la alegre Italia. Por fin todos quedaron de acuerdo en una cosa: la mejor tierra del mundo era Italia, lo mejor de Italia era Bolonia, y lo mejor de Bolonia, una mujer de tal belleza y donaire que merecía por sí sola la más larga y penosa de las peregrinaciones.

BEATRIZ.—¿Tanto?

ANICHINO.—Eso afirmaban a una voz los viajeros. Y sus palabras impresionaron de tal modo el corazón de mi amigo que desde aquel momento ya no supo vivir para otra cosa. Despierto pensaba en ella; dormido, la soñaba. Finalmente abandonó su casa, tomó un caballo y emprendió el camino de Italia, en busca de la dama de sus sueños. Desde París a Bolonia hay catorce jornadas yendo al trote.

BEATRIZ.—Por favor, hacedlas al galope, que ya estoy en ascuas por saber el final.

ANICHINO.—El final fue que llegó a Bolonia, que la buscó inútilmente días y días, asistiendo a todas las fiestas, visitando todas las iglesias, devorando con los ojos todas las ventanas. Hasta que una tarde la encontró por fin asomada a su balcón de hiedras azules.

BEATRIZ.—¡Loado sea el cielo! ¿Y era realmente tan hermosa como su fama?

ANICHINO.—Más. Si alguna vez el agua del mar se ha hecho ojos y la lluvia con sol se ha hecho cabellos, fue el día que nació esa mujer. *(Suspira.)* Desdichadamente estaba casada con un rico mercader.

BEATRIZ.—¡Esos maridos siempre inoportunos!

ANICHINO.—No creáis por eso que el ardiente galán renunció a su empresa. Al contrario: cuanto más vigilada la fruta, más fuerte era la tentación. Pero ¿sabría la dama comprender tan loco amor? ¿No le esperaría el desdén y la ingratitud al final de su dura jornada?

BEATRIZ.—¿Cómo pudo abrigar vuestro amigo tan tacaña sospecha? Duden los extranjeros de la generosidad de nuestros hombres, pero una buena boloñesa nunca deja morir de sed a un viajero si el agua está en sus manos.

ANICHINO.—Ésa era la esperanza de mi amigo. Y comprendiendo que el mejor camino para llegar al corazón de una casada es conquistar primero el corazón de su marido, se despojó de sus ropas de gentilhombre, se disfrazó de lacayo y se ofreció a su servicio como criado.

BEATRIZ.—¿Un gentilhombre limpiando los establos? ¡Hermosa lección de amor!

ANICHINO.—Era la única manera de penetrar en la casa y contemplar de cerca, día y noche, a la dama imposible. ¿Qué importaba la humillación de los establos si el premio era su sonrisa? ¿Qué mayor gozo que atalajar su caballo si al tenerle el estribo podía acariciar su chapín y sentir junto al rostro el revuelo de su falda? Tres años la sirvió así, adorándola en silencio y subiendo uno por uno los escalones de la servidumbre, hasta ganar su confianza y ser nombrado su intendente.

BEATRIZ.—¿Intendente habéis dicho? ¿Y un esposo mercader?... ¿y un balcón de hiedras azules?... *(Se levanta repentinamente derribando las piezas.)* ¡Santo cielo! ¿Qué emboscada es ésta, señor Anichino?

ANICHINO.—La historia de un enamorado sin juicio que os pide perdón de su locura.

BEATRIZ.—¿Es decir, que vuestro famoso amigo sois vos mismo? ¿Y la prodigiosa desconocida?...

ANICHINO.—*(De rodillas.)* ¡Mi señora Beatriz de Galuzzi, gloria de Bolonia y corazón del mundo!

BEATRIZ.—¿Y tenéis la insolencia de confesármelo en mi propia cámara? Si en tan poco tenéis mi honra, ¿no os da miedo la ira de mi esposo cuando lo sepa, que será inmediatamente?

ANICHINO.—Por pronto que sea no será antes de mañana. Y una noche vuestra bien vale una vida.

BEATRIZ.—¿No pensáis que puedo llamar a mis criados y mandaros azotar?

ANICHINO.—Vuestros criados están todos profundamente dormidos.

BEATRIZ.—*(Tranquilizada.)* Menos mal. ¿Estáis seguro?

ANICHINO.—Yo mismo me anticipé a ayudarlos poniendo ciertos polvos en su vino.

BEATRIZ.—¿Bebedizos también? ¡Admirable previsión! ¿Y éste era el amigo en quien mi esposo había puesto toda su fe, el hombre de cuyos labios no había salido jamás una mentira? *(Alza los brazos desesperada.)* ¡Ah, pobres mujeres desprevenidas! Hasta juraría que ese endiablado viaje ha sido otra fábula vuestra para tener libre el campo.

ANICHINO.—¿Qué otro recurso me quedaba si no se aparta nunca de vuestro lado?

BEATRIZ.—¿De modo que también son mentira los diez mil escudos y los mercaderes de especias?...

ANICHINO.—Y los bajeles turcos, y si fuera preciso, ¡hasta la Serenísima República de Venecia! La única verdad es esta desatinada pasión dispuesta a todo. Os he ofrecido mi vida. Si con ello os ofendo, dadme vos la muerte, que sólo por venir de esas manos será bien recibida.

BEATRIZ.—*(Solloza en un diván.)* ¡Pobre de mí desamparada y sola! ¿Qué puede hacer una débil mujer contra semejante libertino?

ANICHINO.—Eso no. Soy caballero, y no temáis que tome por fuerza lo que sólo de vuestra voluntad espero.

BEATRIZ.—Más que de vuestra fuerza tengo miedo de mi generosidad y mi ternura, que las dos se juntan contra mí para perderme. ¿No comprendéis, enemigo de mi sosiego, que también yo me sentí turbada a vuestro lado desde el primer día? ¿Que también yo temblaba al sentir vuestra mano en mi chapín y vuestra mejilla en el revuelo de mi falda?

ANICHINO.—¿He oído bien? ¿No es un sueño de mis oídos?

BEATRIZ.—En vano pretendían ocultar tus labios lo que tus ojos denunciaban a gritos. Desde el primer día te adiviné noble y amante bajo tu disfraz. Presentía que tarde o temprano habíamos de llegar a esto. Lo esperaba temiéndolo... Y ahora ya está aquí. ¡Ay, desdichada de mí! ¡Ay, momento fatal!

ANICHINO.—*(Acudiendo a consolarla.)* ¡El más hermoso de tu vida y la mía! ¿Por qué lloras, mi bien?

BEATRIZ.—Es mi deber. Lloro por mi honra ya perdida. Y lloro sobre todo por mi pobre esposo, que todavía esta tarde era un caballero sin tacha, y mañana será un cornudo convicto y confeso sin que yo pueda hacer nada para remediarlo.

ANICHINO.—¡Benditos los labios que han pronunciado tan discretas palabras! Mi dulce sueño.

BEATRIZ.—¡Amor mío! *(Se besan largamente. Suena un aldabonazo abajo. Sobresalto.)*

ANICHINO.—¿A estas horas?...

BEATRIZ.—¡Cielos! ¡Estamos perdidos!

ANICHINO.—No temas. Será algún caminante extraviado.

BEATRIZ.—Jamás. Yo he leído que cuando dos amantes se besan y suena un aldabonazo, siempre es el marido. *(Corre al balcón.)* ¿No lo dije? ¡Él es! Ya está abriendo la puerta con su llave maestra. *(Deteniendo a* ANICHINO *que corre a la puerta.)* Por la escalera, ¡no! ¿Qué pensaría si te encuentra saliendo a esta hora de mis habitaciones?

ANICHINO.—Por el balcón.

BEATRIZ.—Tampoco: hay luna y pueden verte. ¿Quieres colgar mi honra al viento como una sábana de escándalo? *(Abre el arcón.)* Aquí.

VOZ DE EGANO.—*(Acercándose.)* ¡Beatriz!... ¡Beatriz!...

BEATRIZ.—¡Pronto, ya sube! ¡Silencio! *(Se besan rápidamente y* ANICHINO *se esconde en el arcón. Entra* EGANO, *molido y quejumbroso.* BEATRIZ *corre a su encuentro con solícito aspaviento.)* ¡Dulce esposo mío! ¿Vienes herido? ¿Ha ocurrido alguna desgracia?

EGANO.—Nada grave, querida. Calma, calma. *(Se desciñe la espada y se sienta dolorido.)*

BEATRIZ—Pero esa palidez..., esas ropas destrozadas... ¿Te han asaltado ladrones?

EGANO.—Peor. Imagínate que algún desalmado ha prendido fuego al bosque; una ráfaga de chispas me cegó el caballo y lo hizo desbocarse, derribándome por tierra y arrastrándome un buen trecho colgado del estribo. ¡Ay, mis costillas molidas!

BEATRIZ.—¿No te habrás roto nada importante?

EGANO.—Según a lo que tú llames importante. ¿Te parecen poco mis costillas?

BEATRIZ.—Si no es más que eso, yo te daré unas friegas de ruda, que son mano de santo para verdugones.

EGANO.—¿Y mi caballo ciego? ¿Y el negocio perdido? ¡Ay, mi pobre espinazo! ¡Maldita noche y maldito viaje!

BEATRIZ.—No maldigas, marido. Pensándolo bien, aún deberías dar gracias a Dios, que te ha devuelto a tu casa en el momento justo. *(Iluminada.)* Ahora lo veo claro: el incendio del bosque..., el caballo desbocado... ¡Qué extraños caminos elige la providencia para salvarnos! ¡Gracias, Señor, gracias!

EGANO.—Eso faltaba. ¿Es una bendición del cielo que haya perdido diez mil escudos y me haya roto el bautismo?

BEATRIZ.—¡Un verdadero milagro! ¿No comprendes, incrédulo, que esa ráfaga de fuego era la mano de Dios avisándote que hacías falta aquí para defender tu honra?

(ANICHINO *levanta la tapa del arcón y escucha pasmado.*)

EGANO.—¿Qué tiene que ver mi honra en todo esto?

BEATRIZ.—Más de lo que imaginas, y ahora vas a verlo. Respóndeme serenamente. ¿Cuál de tus criados te parece el más honrado y fiel?

EGANO.—Linda pregunta. De sobra sabes que mi favorito es el mismo que el tuyo: Anichino.

BEATRIZ.—¿Estás seguro de que merece esa confianza que hemos puesto en él?

EGANO.—Me dejaría cortar la mano. Anichino no es sólo mi intendente, es mi mejor amigo, mi hermano. Si algún día no pudiera yo regir mi casa, a ningún otro elegiría para ocupar mi puesto.

BEATRIZ.—Pero ¿qué puesto, desdichado? ¡Hay puestos en que un marido no puede nombrar sucesor!

EGANO.—Sin adivinanzas, Beatriz. ¿Qué pretendes insinuar?

BEATRIZ.—Eso mismo que estás sospechando. Que tu intendente, tu amigo y hermano, es un miserable impostor: el más redomado pícaro del mundo y el peor enemigo de la tranquilidad de tu frente.

(ANICHINO *se santigua lívido y se oculta.*)

EGANO.—¡Mientes!

BEATRIZ.—¡Tengo pruebas! Esta noche y aquí mismo, aprovechando tu ausencia, ha tenido la audacia de proponerme tales cosas que no hay labios de mujer capaces de repetirlas.

EGANO.—Imposible. ¿No habrá exagerado tu honestidad unas simples lisonjas de galantería?

BEATRIZ.—¿Galanterías dices? ¡Declaraciones ardientes! ¡Arrebatos impúdicos! ¡Proposiciones tan licenciosas que harían enrojecer a un cardenal florentino! *(Solloza.)*

EGANO.—*(Furioso.)* ¡Basta! Vive Dios que si eso es cierto no verá la luz del sol.

BEATRIZ.—*(Fingiendo dirigirse a* EGANO, *pero tranquilizando con el gesto a* ANICHINO, *que vuelve a aso-*

mar suplicante.) ¡Calma, querido mío, mi único amor! Comprendo que es terrible tener que decir esto, pero te juro que lo hago por tu bien y para tranquilidad de los dos.

EGANO.—¡Pronto, mi espada! *(La desnuda.)* ¿Dónde está ese infame?

(ANICHINO *cierra de golpe.*)

BEATRIZ.—No es la espada el arma que necesitas ahora, sino la astucia. Ponte este vestido mío.

EGANO.—¿Yo? ¿Te parece ésta ocasión para disfraces?

BEATRIZ.—En seguida lo comprenderás. Escucha. Anichino estaba tan fuera de sí que temí cualquier locura si le rechazaba. Entonces fingí ceder a sus deseos prometiéndole bajar luego a encontrarme con él en el jardín. Ya comprenderás que era sólo un ardid para alejarle. Pues bien, ahí tienes la ocasión: acude tú a la cita vestido con mis ropas; así podrás escuchar la infamia de sus propios labios y no te quedará la duda de haber matado a un inocente.

EGANO.—Excelente idea. ¡Oh inventiva sutil de las mujeres! Venga ese vestido. *(Se lo pone, urgente y torpe, ayudado por ella.)* ¿Dónde es la cita?

BEATRIZ.—En mi jardín privado; por el postigo del seto. Toma la llave.

EGANO.—¿A qué hora?

BEATRIZ.—A medianoche, al sonar las doce en Santo Domingo. ¡No hay tiempo que perder!

EGANO.—¿Habéis convenido alguna señal?

BEATRIZ.—El imitará tres veces el cuco; tú agitarás tres veces este pañizuelo, y contestarás con el silbido del sapo.

EGANO.—Podíais haberlo hecho menos complicado.

BEATRIZ.—No tendría ese sabor furtivo.

EGANO.—*(Termina de vestirse.)* ¿Estoy bien así? ¿No se notará el engaño?

BEATRIZ.—Cuida sobre todo los pies y las manos; es lo más bruto que tenéis los hombres. Camina menudito, así. Agita el pañuelo con donaire..., así. Y no hables una palabra: silba. La sombra del jardín te ayudará. *(Retrocede contemplándole.)* Dios mío..., ¿y esa cabeza?

EGANO.—¿Qué tengo?

BEATRIZ.—Nada todavía. Pero esos cabellos tan cortos...

EGANO.—Me cubriré con una toca. ¿No hay una en este arcón? *(Va resueltamente a abrirlo. Ella lanza un grito de espanto.* EGANO *se vuelve petrificado.* ANICHINO *aprovecha el momento para sacar rápidamente la toca, volviendo a ocultarse.)* ¿Qué ha sido ese grito?

BEATRIZ.—Nada, querido; es el espanto de lo que va a ocurrir por mi culpa. Aquí está la toca.

EGANO.—*(Solemne.)* Ahora reza y espera. Tú has sabido cumplir como una buena esposa. ¡Yo sabré cumplir como marido! *(Sale gallardamente poniéndose la toca.* BEATRIZ *cierra la puerta con llave.* ANICHINO *salta del arcón aterrado.)*

ANICHINO.—¿Qué has hecho, insensata? ¡Todo lo has echado a rodar con tu imprudencia!

BEATRIZ.—Al contrario. ¿No lo has comprendido aún? Precisamente ahora que vamos a engañarle es cuando necesitamos que tenga más fe en nosotros.

ANICHINO.—¿Y para eso empiezas denunciándome? ¡Que el diablo me lleve si lo entiendo!

BEATRIZ.—No me extraña; el amor tiene esta rara virtud de cegar a los hombres y abrir los ojos a las mujeres. *(Toma un apagavelas y comienza tranquilamente a matar luces.)*

ANICHINO.—Tengo que huir inmediatamente.

BEATRIZ.—Imposible: la puerta está cerrada con llave.

ANICHINO.—¿Y si vuelve y nos sorprende juntos?

BEATRIZ.—No se moverá de su puesto hasta las doce. Si no he calculado mal, falta media hora larga.

ANICHINO.—Pero ¿adónde piensas llegar con tu farsa? ¿Qué va a pasar esta noche en el jardín?

BEATRIZ.—Lo que haya de ocurrir allí ya lo sabrás después. Entretanto, por favor, sopla ese candelabro.

ANICHINO.—¿Para qué?

BEATRIZ.—El pudor, querido..., ¡el pudor!

(ANICHINO *la abraza y sopla fuerte. Se apagan todas las luces. Música.*)

CORTINA

ESCENA SEGUNDA

Jardín con seto de arrayán en que se abre un disimulado cancel. A un lado, pabellón de acceso a la casa

(En la penumbra lunada pasea inquieto EGANO, *vestido de mujer. Se oye en el pabellón la voz de* BEATRIZ *llamando como un susurro.)*

VOZ DE BEATRIZ.—Amor mío... ¿Estás ahí, amor mío? (EGANO *se cubre rápido el rostro con su chal, adopta una actitud femenina y contesta con el pañizuelo. Sale* BEATRIZ.)

BEATRIZ.—Pero ¿qué haces, querido? Soy yo, Beatriz.

EGANO.—Oh, perdona. Los mil rumores de la noche y esta extraña aventura me tienen trastornado el sentido.

BEATRIZ.—¿Hasta el punto de confundir mi voz?

EGANO.—Y la mía propia. Hace un momento se me escapó un suspiro y me volví espantado creyendo que suspiraba otro. Veo pupilas que me acechan, y sólo son luciérnagas. Oigo susurros que me llaman, y es el vuelo de los murciélagos. ¿Falta mucho todavía?

BEATRIZ.—Están al caer las doce.

EGANO.—¡Cómo alarga el tiempo la impaciencia! Me parece que llevo un siglo esperando.

BEATRIZ.—En cambio, a mí me ha parecido apenas un minuto.

EGANO.—¡Calla!... *(Escucha. Voz baja.)* ¿Oyes algo arrastrándose?

BEATRIZ.—Es el rumor del río.

EGANO.—¿Y esos dedos arañando el postigo?

BEATRIZ.—Es la chicharra en el árbol.

(EGANO *respira, aliviado. De pronto vuelve a escuchar.*)

EGANO.—¿Y ahora? ¿No oyes una cosa..., una cosa así... que no se oye?

BEATRIZ.—Sí.

EGANO.—¿Qué es?

BEATRIZ.—El silencio.

EGANO.—Nunca lo imaginé tan inquietante. ¿Sabes lo que estoy pensando?

BEATRIZ.—Sé lo que estás deseando: que no venga.

EGANO.—Ciertamente. ¿No se habrá avergonzado de su propia infamia y se habrá arrepentido?

BEATRIZ.—No lo esperes. En cuestiones de amor muchos se arrepienten después, pero antes ninguno. *(Comienzan a oírse las doce en una torre lejana.)* La medianoche en Santo Domingo. ¡Ha llegado el momento!

EGANO.—Ocúltate. Desde ahí puedes escucharlo sin ser vista.

BEATRIZ.—Valor, esposo mío.

EGANO.—¡Un momento! ¿Cómo canta el cuco?

BEATRIZ.—Como un primer día de primavera.

EGANO.—¡Gentil información! Y el sapo, ¿cómo silba?

BEATRIZ.—Como el «la» de una flauta. Así.

(Silbido. BEATRIZ *se retira al pabellón.* EGANO *se cubre nuevamente el rostro y vuelve al centro de la escena. Ligera pausa tras la última campanada. Se oye tres veces el canto del cuco.* EGANO *agita su pañuelo y contesta con tres roncos silbidos.)*

VOZ DE ANICHINO.—Beatriz... Beatriz... *(Un silbido contestando.)* ¿Eres tú, mi dulce alondra? *(Dos silbidos)*

¿Traes en tu seno la llave de plata que ha de abrir este verde muro? (EGANO *la muestra en alto y silba afirmando.*) Abre, querida; mis ojos y mis labios tienen hambre de ti.

(EGANO *abre y se retira pudoroso, escondiendo el rostro. Entra* ANICHINO.)

ANICHINO.—¡Por fin! Había llegado a temer que tu promesa no fuera más que un sueño de mi propia fiebre. Pero no, aquí estás iluminando mi noche. Ya presiento bajo el pudor de ese chal la súplica temblorosa de tus ojos. ¿Por qué ese recelo de corza sorprendida? ¿No estás dispuesta a todo? *(Silbido afirmativo.)* Júrame que nada te detendrá: ni el miedo al peligro, ni la paz de tu casa, ni la fe que debes a tu esposo. ¿Me lo juras? *(Silbido.* ANICHINO *cambia repentinamente el tono y enarbola un garrote que trae escondido.)* ¡Ah, miserable! ¿Luego eran ciertas mis sospechas? ¡Infame adúltera! ¡Despreciable Mesalina! *(Golpea a* EGANO, *que trata de huir.)* ¿No has comprendido, insensata, que mi falsa declaracion era sólo un ardid para poner a prueba tu virtud? ¿Me creías capaz de traicionar, como lo haces tú, al hombre al que debo honra y fortuna? ¡Toma, pérfida mujerzuela! ¡Pecadora impía!

(EGANO, *sofocando gritos, trata de huir y cae enredado en sus faldas.*)

EGANO.—¡Piedad! ¡Misericordia!

ANICHINO.—No temas, cobarde, que te denuncie a tu esposo. No lo haré por ahorrarle esta vergüenza, pero no ha de quedar sin castigo tu traición. *(Redobla los garrotazos.)* ¡Libidinosa perjura! ¡Inverecunda vulpeja!

EGANO.—¡Socorro! ¡Beatriz! ¡Beatriz!

BEATRIZ.—*(Se adelanta alzando los brazos.)* ¡Basta, Anichino, por amor de Dios!

ANICHINO.—*(Fingiendo pasmo.)* ¡Qué ven mis ojos! ¿Otra Beatriz? Pero entonces ¿quién es esta desdichada?

EGANO.—¿Tan ciego estás que no reconoces a tu señor?

ANICHINO.—¡Cielos! ¡Mícer Egano! ¿Estoy soñando o es arte de brujería?

EGANO.—*(Se levanta quejumbroso, arrancándose toca y chal.)* Tal me has dejado, hijo mío, que ni yo mismo me reconocería. ¡Ay noche aciaga! ¡Atropellado por mi mejor caballo y apaleado por mi mejor amigo!

ANICHINO.—¿Y yo he ultrajado al hombre por el que daría mi alma y mi vida? *(Tira el garrote y cae de rodillas.)* ¡Cortad, señor, estas manos pecadoras que han escarnecido lo que más veneran!

BEATRIZ.—Levantaos, amigo, que mi esposo ya lo sabe todo y no ha de negaros su perdón.

ANICHINO.—¡De rodillas lo he de ganar, besando la tierra donde él pise!

EGANO.—Así no: en mis brazos, hermano. *(Se abrazan.)* Lástima que un alma tan noble tenga unas manos tan duras.

ANICHINO.—Permitidme que os explique esta confusión.

EGANO.—No hace falta, que ya Beatriz me lo había confiado todo, y creyéndote traidor, ella misma imaginó esta industria para sorprenderte in fraganti.

BEATRIZ.—Perdonadme si os ofendí con mis sospechas.

ANICHINO.—Yo soy el único culpable de este funesto enredo.

EGANO.—Los tres lo fuimos un momento: tú, por dudar de Beatriz, y nosotros, por dudar de ti. Afortunadamente todo está aclarado, y si hasta hoy has sido mi servidor, desde ahora serás mi compañero en todo.

ANICHINO.—Gracias, señor. ¡Bendito el cielo que así transforma una infausta noche en la más hermosa de mi vida!

EGANO.—Bendito mil veces, digo yo. ¿Qué importan mi caballo ciego y mis costillas santiguadas, si ahora puedo jurar con las manos en el fuego que mi amigo es el más fiel de los amigos y mi esposa la más fiel de las esposas?

BEATRIZ.—Alegrémonos todos. Toma mi brazo, querido. Tomad vos el otro. Y celebremos juntos esta singular aventura. ¡Es la primera vez que el amor hace felices a tres al mismo tiempo!

(Entran alegremente en la casa.)

FIN DE LA FARSA

FABLILLA DEL SECRETO BIEN GUARDADO

TRADICIÓN POPULAR

PERSONAJES

Bruno
Juanelo
Leonela
Sandra
Asunta
Liseta

Cocina de aldea. La tina para la colada, el hogar, el horno, un arcón de roble, un montón de sacos y, colgados en espigones de madera, alforjas y atalajes. Es mediodía. Se oye el reloj de la iglesia dando las doce

(JUANELO, *pálido y nervioso, aparece en la puerta; mira hacia atrás como temiendo que alguien le siga. Entra escondiendo bajo el brazo un envoltorio disimulado entre pámpanos. Llama tres veces en voz alta y espera conteniendo el aliento.)*

JUANELO.—¡Leonela!... ¡Leonela!... ¡Leonela!... *(Tranquilizado al sentirse solo, deja el envoltorio y corre a cerrar puerta y ventana. Después busca un lugar donde esconderlo. Lo hace primero en el arcón; no le parece seguro; vuelve a sacarlo y lo mete en el horno. Duda, lo saca nuevamente, mira en todas direcciones buscando otro escondite. Llaman a la puerta.* JUANELO, *sobresaltado, corre a esconder su tesoro entre los sacos mientras responde. Las lentas campanadas de la iglesia han llenado la larga pausa. Llaman de nuevo más fuerte.)* ¡Voy!...

VOZ DE BRUNO.—¡Ah de la casa!

JUANELO.—¡Voy... voy!...

(Abre. Entra BRUNO, *viejo campesino. Colgados a un hombro la escopeta y el zurrón de caza; al otro, una red.)*

BRUNO.—¡Novedad grande es ésta! ¿Desde cuándo se cierra con llave la casa de un pobre?

JUANELO.—Habrá sido Leonela al salir.

BRUNO.—¡Por San Fabricio que sería cosa de ver! ¿Tu mujer sale y deja la casa cerrada por dentro?

JUANELO.—Se habrá corrido la llave.

BRUNO.—¿Ella sola? ¿Y con dos vueltas?

JUANELO.—Pues habré sido yo sin pensar.

BRUNO.—¿Por qué? ¿Has cometido algún crimen? Porque miedo a ladrones no será.

JUANELO.—*(Impaciente.)* ¡Basta, padre! Si cerré o no cerré, que el demonio me lleve si me di cuenta. Y quede aquí la cosa. *(Huye la mirada.)* ¿De caza o de pesca?

BRUNO.—Todo junto. Cuando yo tenía tu edad y salía con la escopeta, saltaba la trucha; cuando salía con la red, saltaba la liebre. Ahora ya soy perro viejo y juego a los dos paños para acertar.

JUANELO.—¿Cayó algo?

BRUNO.—Algos. En el brezal esta liebre, que está pidiendo a gritos un arroz, y en el río esta trucha, que dará sus tres libras de escabeche. Con una buena hogaza y dos cuartillos por barba, mañana será otro día. *(Mostrando su liebre.)* ¿Qué me dices de este ejemplar? Ni la sobrina del cura es más rolliza.

JUANELO.—*(Ajeno.)* No está mal.

BRUNO.—Escaso andas de palabras. Y de color. ¿No te sientes bien?

JUANELO.—No es nada..., el calor. ¿Otro vaso?

BRUNO.—¿Por qué dices otro si es el primero?

JUANELO.—Creí. *(Sirve. La botella tintinea en el vaso.)* ¿Qué mira tan fijo?

BRUNO.—El pulso.

JUANELO.—¿No está firme?

BRUNO.—Si fueras sacristán, bueno para repicar. *(Bebe, dejando caer las palabras mientras lo observa.)* ¿No habías ido a la viña?

JUANELO.—Fui.

BRUNO.—Pronto volviste.

JUANELO.—No hacía falta más.

BRUNO.—*(Entrando de lleno al tono confidencial.)* ¿Y cuándo ocurrió la cosa, al ir o al volver?

JUANELO.—Muy preguntador está hoy, padre.

BRUNO.—Y tú muy poco contestador.

JUANELO.—Será que tengo la cabeza en otra parte.

BRUNO.—Será. *(Beben en silencio.* JUANELO *se sienta pensativo. El padre le da una palmada cariñosa y se sienta a su lado.)* Vamos, hijo, suéltalo de una vez. ¿Qué te ocurrió esta mañana?

JUANELO.—¡Padre!...

BRUNO.—Por lo visto es grave.

JUANELO.—Tanto que desde esta mañana a las diez no sé si soy el hombre más feliz del mundo o si esta misma noche me voy a colgar de un árbol.

BRUNO.—Dios te perdone el mal pensamiento. ¿Qué te ocurrió esta mañana?

JUANELO.—Me levanté al rayar el alba, como siempre, y me fui a cavar la viña. Serían las cinco...

BRUNO.—Por tu alma, rapaz, ahórrame esas cinco horas. ¿Qué pasó a las diez?

JUANELO.—Sonando estaban en el reloj de la iglesia cuando, de repente, siento que la azada tropieza en una cosa dura. ¿Una piedra? ¡Sí, sí, piedra!... Otro golpe, y veo una cosa que relumbra. ¿Un vidrio? ¡Sí, sí, vidrio!... Miro y remiro, me agacho, escarbo, toco, vuelvo a mirar... ¡Dios de Dios! ¡Creí que me caía redondo allí mismo! Que no puede ser, que sí puede ser... ¡Y era, padre!..., ¡era!

BRUNO.—¿Era?

JUANELO.—¡Era!

BRUNO.—Pero ¿qué era, maldito?

JUANELO.—¡Un tesoro! ¡Un cofre lleno de alhajas y monedas de oro!

BRUNO.—¡Bendito San Antón! ¿De modo que te cae una fortuna del cielo y piensas colgarte de un árbol?

JUANELO.—En el primer momento, no. Sólo me vi como me quisiera: una casa propia con barandales al río, la mesa grande con manteles y convidados, y un caballo con borlas encarnadas para la feria de San Gandolfo. Pero pronto se acabaron mis glorias y empezaron las cavilaciones.

BRUNO.—En eso no andas descaminado, que fortuna encontrada pide secreto; y dinero en casa pobre y amor en ojos mozos, pronto se dan a entender.

JUANELO.—A eso iba yo. Si la cosa quedara entre nosotros, ahí me las den todas. Pero ¿qué va a ser de mí cuando lo sepa todo el mundo?

BRUNO.—¿Y por qué tiene que saberlo el mundo? ¿Te vio alguien con el cofre?

JUANELO.—Nadie.

BRUNO.—¿Entonces?...

JUANELO.—¿Soy yo acaso el único detrás de mi puerta? Demasiado conoce usted a mi mujer: ¡larga de lengua como la sombra de un pino por la tarde! Saberlo ella y saberlo el pueblo entero, todo es uno y lo mismo.

BRUNO.—Por esta vez callará. Dile que es cosa de vida o muerte.

JUANELO.—Como si dijera misa. Secreto en su boca, agua en una cesta.

BRUNO.—Ruégale de rodillas.

JUANELO.—Se reirá de pie.

BRUNO.—Cósele la boca.

JUANELO.—Lo contará por señas.

BRUNO.—¡Pégale!

JUANELO.—¡Es más fuerte que yo!

BRUNO.—Pues si no puedes con tu mujer, no hay más que una solución: la primera que debiste pensar. No se lo digas a ella tampoco.

JUANELO.—¿Y las narices?

BRUNO.—¿Qué narices?

JUANELO.—¡Se lo huele desde lejos! Sólo una vez la engañé en mi vida, con la panadera... ¡Y no hice más que volver a casa y por el olor me sacó la torta!

BRUNO.—Entierra el cofre en el sótano.

JUANELO.—Tiene ojos de zahorí.

BRUNO.—¡Arráncale los ojos!

JUANELO.—¡Tiene una vela en cada dedo!

BRUNO.—¡Mátala de una vez!

JUANELO.—¡Ésa es de las que vuelven! No hay salvación, padre: una soga y un árbol..., una soga y un árbol...

BRUNO.—Calma, hijo, calma. Pongámonos en lo peor: que tu mujer se entera y lo publica a los cuatro vientos. A fin de cuentas ¿qué te puede pasar?

JUANELO.—¿Y usted me lo pregunta? ¡Ay, padre, y qué poco conoce usted el mundo a pesar de sus años! Por lo pronto, como la viña sólo es mía en arriendo, el dueño me pondrá pleito. Los vecinos, por si hay más cofres, me excavarán las tierras por la noche, arruinándome la cosecha. Los amigos me pedirán; los que me deben no me pagarán; los que me prestaron me reclamarán... Y entretanto, el notario que levanta escritura; el escribano que me llena la casa de tinta, vaciándomela de vino... ¿Terreno valorado?, más contribuciones. Palabra que se te escape, legajo nuevo...; exhorto que entra, jamón que sale... Y el pleito que no se acaba, y embargos para responder, y alguaciles vienen y testigos van...

BRUNO.—No hay mal que cien años dure. Ganarás el pleito.

JUANELO.—Y con eso ¿qué? Ahí están las partijas: la mitad para el dueño del terreno, el tercio para el Fisco, el quinto para el rey, el diezmo para el convento... Quite gabelas y alcabalas, y lo que sobre, si sobra, para ayuda de costas. ¡Eso si no ocurre lo peor!

BRUNO.—¿Peor todavía?

JUANELO.—Que entre todos encuentren pequeña la tajada y me acusen de ocultación. ¿Defraudación pública? Proceso criminal. ¿Que confieso?, incautación. ¿Que no confieso?, tormento. Ítem más: los péritos sentenciarán que el tesoro es de moros, judíos o paganos. ¡Excomunión! Suma y sigue: el defensor dirá que soy inocente, y cobrará; el fiscal dirá que soy culpable, y cobrará; el obispo cobrará sin decir nada... ¡Ay, padre de mi alma, el dineral que me va a costar ese tesoro, si no me cuesta la honra y el pellejo!

BRUNO.—¡Basta, cuerpo de Dios; basta de desatinos!

JUANELO.—Le juro que es el Evangelio. ¿No oye pasos? ¿Quién va? *(Frenético.)* ¡No hay nadie en casa!... ¡Nadie... nadie!...

BRUNO.—¡Juanelo!

JUANELO.—¡Yo no fui!... ¡Yo no sé nada!...

BRUNO.—¡Basta, repito! ¡Quieto! *(Lo sujeta fuerte y le da una bofetada.* JUANELO *reacciona, calmándose.)* Perdona.

JUANELO.—De nada, padre... Gracias.

BRUNO.—¿Sabes lo que te digo, hijo? Por tu bien, coge ahora mismo ese maldito cofre, vuelve a enterrarlo donde estaba, y aquí paz y después gloria.

JUANELO.—¿Renunciar yo a mi tesoro? Primero me arrancarían la uña de la carne. Hay que pensar algo antes que llegue mi mujer. *(Se la oye cantar, acercándose.)* ¡Y pronto, que ya está ahí!

BRUNO.—Buena me has dejado la cabeza para pensar nada.

JUANELO.—¡Una idea, padre! ¡Cien escudos de oro por una idea!

BRUNO.—Allá tú y ella con vuestro negocio. A mi pocos años me quedan ya de ser pobre, y con mi liebre y mi trucha tengo bastante por hoy. *(Se dispone a salir.* JUANELO *repite como obseso.)*

JUANELO.—Una liebre, una trucha..., una trucha, una liebre... Liebre-trucha..., trucha-liebre..., liebre-trucha... *(Lanza un grito de júbilo, le abraza y retoza como un corzo.)* ¡Gracias, padre! ¡Cuente con los cien escudos!

BRUNO.—¿Qué quieres decir?

JUANELO.—Que estamos salvados. ¡Pronto! Ayúdeme a cambiarlas de sitio: la liebre en la red..., la trucha, en el zurrón de caza... ¡Pronto!

BRUNO.—¿Has perdido el juicio?

JUANELO.—Nunca lo tuve más claro. Ahora déjeme solo con ella. ¡Y silencio, por Dios..., silencio!

(BRUNO *sale pasmado.* JUANELO *se santigua rápido y se sienta junto a la lumbre en actitud de profunda meditación. Entra* LEONELA *con un gran cesto de ropa, que empieza a disponer seguidamente para la colada sin reposar un momento. Movimiento y reniego son sus dos modos habituales de expresión.*)

LEONELA.—¡Malos años, marido! Siempre sentado, como San Alejo en la escalera. Bien dicen que el que nace redondo no muere cuadrado. Por el siglo de mi madre que si en vez de seguir mi gusto hubiera seguido sus consejos, no me vería ahora como me veo: lavando ropa ajena para remendar la propia. ¡Y qué ropa, Virgen santa! ¡Roña roñosa, tiña tiñosa, zarrapastrosa! Miren las sábanas del alcalde, con más ventanas que el ayuntamiento un día de fiesta. Y las camisas de la boticaria, que bien podía ahorrar jubones de terciopelo y tapar mejor sus vergüenzas... y las de su casa. ¡Las de su casa, sí!, por la sobrina lo digo, que esta mañana le dio un desmayo en la fuente; ella dice que del vientre vacío, pero no me sorprendería lo contrario, que anda muy quebrada de color desde que pasó la tropa por el pueblo, va para siete meses. Con otros dos, lo que sea sonará. ¡Vaya si sonará! ¡Tanto rendibú..., tanto mírame-y-no-me-toques, y con la zurda... jé, mosquita muerta!

¿Y estos andularios? ¿No parecen toca de viuda o balandrán de clérigo? Pues son los calzones blancos de Simoneto, que, después de todo, no sé por qué se queja tanto: si a la vaca se la partió un rayo, su mujer parió mellizos, y váyase lo uno por lo otro. De la Casa de las Siete Cuñadas no quise tomar faena, por si acaso, que andan con la viruela loca. ¡Loca tenía que ser para meterse en semejante infierno! ¡Cueva de escorpiones! A la mayor la mordió un perro, y ¿quién dirás que se volvió rabioso? ¡El perro! Eh, contigo hablo, marido. ¿Te has quedado mudo, o tan poco soy que ya ni la palabra merezco?

JUANELO.—*(Solemne.)* No me turbes ahora. Cosas más altas tengo yo en qué pensar.

LEONELA.—Pues piensa, hijo, piensa. Y sobre todo, piensa sentado, que así nos luce el pelo. Asunta la de la fragua, que fue criada en casa de mi madre, con mantilla de blonda; Sandra la del mesón, que empezó fregando platos, comprándose un olivar..., ¡y yo, que nací señora, lavando para las dos! ¡Vivir para ver! Pero ¿de qué me quejo si yo misma me lo busqué? Cuatro pretendientes ricos tuve, con el pobre me fui a estrellar, y miren cómo me lo paga: sentado todo el santo día y roncando toda la santa noche...; ¡que roncando te vea yo en los infiernos por los siglos de los siglos, amén!

JUANELO.—No reniegues, mujer, y menos un día como hoy. Si supieras lo que me ha pasado esta mañana, estarías sin habla y de rodillas.

LEONELA.—¿A ti te ha pasado algo? ¿A ti? Más vale tarde que nunca. ¿Y qué fue, si puede saberse?

JUANELO.—No pensaba decírtelo, pero es demasiada carga para mi conciencia.

LEONELA.—*(Abandona su trabajo, interesada.)* ¡Eso faltaba! Para una vez que tienes algo que contar ¿pensabas comértelo tú solo? Habla. bendito de Dios, habla.

JUANELO.—Cierra puerta y ventana. Si alguien nos oye, estamos perdidos.

LEONELA.—*(Cerrando y cambiando el tono, inquieta.)* ¿Tan grave es la cosa?

JUANELO.—Tanto, que todavía me tiemblan las carnes al recordarlo.

LEONELA.—No me asustes, marido. ¿Un mal encuentro? ¡Me lo imaginé! ¿No? ¿Un robo?... ¡Me lo daba el corazón! ¿Tampoco? ¿Una muerte?... ¡Tenía que ser! ¡Ay, pobre viuda; ay, pobres huérfanos!...; ¡y esa madre..., esa madre!...

JUANELO.—¿Qué madre?

LEONELA.—La del muerto.

JUANELO.—¿Qué muerto?

LEONELA.—¿No lo mataron?

JUANELO.—¡Si te callaras una vez! Ni robo, ni sangre, ni muerto. Lo que a mí me pasó fue un milagro. Mejor dicho, tres: ¡tres milagros seguidos delante de estos ojos pecadores!

LEONELA.—¡Alabado sea el Santísimo! ¿Quieres burlarte?

JUANELO.—¡Por mi salvación te lo juro! ¿Tienes fe, Leonela?

LEONELA.—De cristianos viejos vengo.

JUANELO.—Pues santíguate tres veces y prepárate a oír lo que nunca imaginaste.

LEONELA.—¡Por tu alma, que reviento! Rompe ya de una vez. *(Se sienta a su lado, anhelante.)*

JUANELO.—Despacio, que a eso voy. Esta mañana me levanté temprano para ir a la viña; como queda lejos, y por si algo saltaba de camino, me eché a un hombro la red y al otro la escopeta. Llego al río, veo una sombra que se mueve en el agua, tiro la red... ¿y qué dirás que pesco?

LEONELA.—Una trucha.

JUANELO.—¡Una liebre!

LEONELA.—¡No!...

JUANELO.—Eso pensé yo al principio: ¡no!... Pero miro y remiro y vuelvo a mirar, y no hay vuelta de hoja: ¡una liebre!

LEONELA.—¡Madre de Dios Soberana! ¿No habrías bebido, Juanelo?

JUANELO.—Más fresco estaba que una madrugada. Imagínate cómo me quedé, que si me pinchan no me sale gota. Sigo caminando sin saber qué pensar; llego al bosque, veo una cosa que corre entre las matas, me echo la escopeta a la cara, disparo... ¿y qué dirás que mato?

LEONELA.—¡Otra liebre!

JUANELO.—¡Una trucha!

LEONELA.—¡Ánimas del purgatorio! ¿Una trucha en el bosque? ¿No estarías soñando?

JUANELO.—¿Tengo cara de sueño? ¿No me ves temblando como una vara verde?

LEONELA.—Pero entonces, Juanelo, entonces... ¡era un aviso del cielo!

JUANELO.—Lo mismo que pensé yo: «¡Arrodíllate, miserere, que la mano de Dios está sobre tu cabeza!» Caigo de rodillas rezando el «Yo pecador», me agacho a besar la tierra, cuando de repente, allí mismo, delante de mis ojos, veo una cosa que relumbra...

LEONELA.—¡Una espada de fuego!

JUANELO.—¡Un tesoro, Leonela! ¡Un cofre repleto de alhajas y monedas contantes y sonantes!

LEONELA.—*(Se levanta de un salto, pálida, estremecida.)* ¡Ah, no, no, no y no! Lo de la liebre... pase. Lo de la trucha... pase. ¡Pero un tesoro! ¡Tú quieres matarme de una alferecía! ¿De verdad no me engañas?

JUANELO.—¿Necesitas pruebas, mujer de poca fe? *(Mientras busca su cofre.)* Mira esa red. ¿Qué ves ahí?

LEONELA.—¡Ciega me quede si no es una liebre!

JUANELO.—Mira ahora ese zurrón de caza. ¿Qué ves?

LEONELA.—¡Muerta me caiga si no es una trucha!

JUANELO.—*(Volcando su tesoro sobre la mesa.)* ¿Y esto? ¿Son sueños de mal vino esto?

LEONELA.—*(Deslumbrada.)* ¡Oro, ajorcas, collares!... ¡Ay, Juanelo de mis pecados, que yo me vuelvo loca de alegría! *(Le abraza y le besa sonoramente.)* ¡Mi marido querido! ¡Siempre dije yo que en el mundo, de arriba abajo, no había hombre como el mío!

JUANELO.—Calma, mujer, calma, y baja la voz. Por lo que más quieras, júrame que, pase lo que pase, nadie sabrá una palabra de esto. ¡Júralo!

LEONELA.—¡Por la memoria de mi padre, que cien años me espere, amén! *(Revolviendo el tesoro como almorzadas de trigo.)* ¡Ay, que rubio color de toronjas! ¡Ay, qué retintín de campanas de gloria! ¡Oro... oro... oro....!

(Se oye repicar el aldabón de la puerta.)

JUANELO.—¡Dios nos ampare! ¿Habrán oído?

LEONELA.—*(Recogiendo rápida.)* ¡Corre a enterrarlo en el sótano! ¡Ciérrate con siete llaves! ¡Siéntate encima! ¡Si hay peligro, de aquí no pasan! ¡Pronto!

(Más aldabonazos y voces de las vecinas llamando.)

VOCES.—¡Leonela! ¡Leonela!... (JUANELO *sale con el cofre.* LEONELA *se domina con esfuerzo y respira hondo.*) ¿No hay nadie en esta santa casa? ¡Leonela!

LEONELA.—¡Ya va!, ¡ya va! *(Abe. Entran* ASUNTA, SANDRA *y* LISETA *con grandes cestos de ropa.)* Buen día, vecinas. ¿A qué viene tanto repicar en casa ajena?

ASUNTA.—Como tardabas en abrir...

SANDRA.—¿Estabas ya durmiendo la siesta?

LEONELA.—Buenos están los tiempos para dormir. Muy cargadas venís las tres. Y a buen seguro que regalos no son.

ASUNTA.—Trabajo, que es el regalo del pobre. Yo

cuatro camisas y ocho sábanas. Trátalas con cuidado que son de hilo portugués.

LEONELA.—Podías ahorrarte el consejo. ¿O crees que no sé lo que son sábanas de hilo, yo que nací entre holandas?

SANDRA.—Yo dos mudas completas y el mantel grande de fiesta.

LEONELA.—¿Portugués también, verdad? Madapolán, y gracias.

LISETA.—Y yo el ajuar de Petruca. Mojar y planchar nada más. ¿Estará para el domingo?

LEONELA.—*(Reticente.)* Allá veremos.

LISETA.—¿Cómo veremos? Tiene que estar.

LEONELA.—Paciencia, hija; si no es para éste, será para el que viene, y si no, para el domingo de Ramos.

LISETA.—Pero la boda no puede esperar.

LEONELA.—¿Y a mí qué? ¿Soy acaso la novia o la madrina? ¿Te acordaste siquiera de mí para convidarme?

LISETA.—La verdad, no lo pensé.

LEONELA.—¡Naturalmente! Los pobres están bien para servir a la mesa; para sentarse, no.

ASUNTA.—Pero, hija, ¿qué mal repente te dio hoy que todo te enfada?

LEONELA.—Que ya estoy harta de ser la última y que todos me empujen. La pobre Leonela al río, la pobre Leonela al molino, la pobre Leonela al horno... ¡Y se acabó la pobre Leonela! ¿Lo oís? Señora nací, a mi señorío me vuelvo..., ¡y al que le pique, que se rasque!

SANDRA.—Siempre con tus manías de grandeza.

LEONELA.—¿Manías, eh? ¡Verdades como puños! ¿Ves estas manos cortadas del agua? ¡De marfil las has de ver, como las de una abadesa, y con más sortijas que la reina de Nápoles!

ASUNTA.—¿Esperas un milagro?

LEONELA.—¿Y por qué no? ¿No fuiste tú criada en casa de mi madre y ahora pagas reclinatorio de terciopelo en la misa mayor ¿No empezaste tú fregando platos y ahora tienes un olivar?

SANDRA.—Nadie me lo regaló, sino el trabajo de mi marido.

LEONELA.—Tu marido, tu marido... ¡Qué manera de llenarse la boca con la palabra, como si fuera la única casada por la Iglesia! ¿Y qué tiene el tuyo que no tenga el mío? ¿Ha pescado alguna vez tu marido una liebre en el río?

SANDRA.—¿Una liebre en el río? ¡Sería cosa de ver!

LEONELA.—Pues el mío sí. Mírala en esa red.

LAS TRES.—*(Riendo.)* ¡Una liebre en el río..., una liebre en el río!

LISETA.—Pero Leonela, ¿a qué viene esta burla?

LEONELA.—Nada de burlas. ¿Y el tuyo? ¿Ha cazado alguna vez tu marido una trucha en el bosque?

LISETA.—Bien seguro que no.

LEONELA.—Pues el mío sí. Mírala en ese zurrón.

LAS TRES.—*(Ríen.)* Una trucha en el bosque..., una trucha en el bosque...

ASUNTA.—Jesús mil veces. ¿Hablas en serio, vecina?

LEONELA.—¡Y si fuera eso solo! Pero lo más grande vino después. «Arrodíllate, miserere, que la mano de Dios está sobre tu cabeza»..., y de repente, allí mismo, el bendito milagro. ¿Se ha agachado alguna vez tu marido a besar la tierra y ha encontrado un tesoro delante de sus ojos?

SANDRA.—¡Un tesoro!, ¿y en mitad del campo?

LEONELA.—*(Exaltada.)* ¡Pues el mío sí, el mío sí!

LISETA.—¿Se te ha vuelto el juicio?

ASUNTA.—¡No le llevéis la contraria, que es peor!

LEONELA.—Un cofre de hierro..., montones de oro..., pendientes, ajorcas. brazales... ¿Qué valen ahora tu olivar y tu reclinatorio? ¿No dicen que el que ríe mejor es el que ríe el último? ¡Pues miren cómo se ríe la última! *(Ríe desgañitada y nerviosa. Las vecinas retroceden espantadas.)* ¿Qué?, ¿por qué me miráis así? ¿No me creéis, verdad?

SANDRA.—Por qué no, mujer, si todo lo que has dicho es lo más natural del mundo.

ASUNTA.—Acuéstate, Leonela..., descansa...

LEONELA.—¿Necesitáis pruebas palpables? Pues un momento, que en seguida vuelvo. *(Derriba a puntapiés los cestos.)* ¡Fuera la sarna sarnosa!, ¡fuera la tiña tiñosa! Se acabó la pobre Leonela. ¡Paso a la señora Leona! ¡La última..., ja, ja..., la última! *(Sale erguida con su risa estridente.)*

SANDRA.—¡Ay, Señor, Señor, quién lo había de pensar! ¡Una mujer que parecía tan sana!

LISETA.—Soberbia y pobreza son malas compañeras.

ASUNTA.—Siempre dije yo que tenía que terminar así. ¡Castigo de Dios!

(Se santiguan las tres y recogen apresuradamente sus cestos.)

SANDRA.—No dejéis la ropa, que es capaz de quemarla. Hay que contar esta novedad en la plaza.

LISETA.—Y en el mercado.

ASUNTA.—Y en la fuente. ¡Vamos, vamos!

(Entran BRUNO *y* JUANELO *con aire de haber escuchado.)*

JUANELO.—¿Por qué tanta prisa? ¿Pasa algo, comadres?

ASUNTA.—Nada, Juanelo. Cuida a tu mujer... La pobre, con tanto trabajo...

SANDRA.—Paños fríos, caldos de gallina, y reposo, mucho reposo.

LISETA.—Si algo necesitas, ya sabes dónde estamos. Adiós, vecino.

LAS TRES.—¡Pobre Juanelo! ¡Pobre Leonela! *(Salen haciéndose cruces.)*

BRUNO.—Ahora sí que la has armado buena. Todo el pueblo la señalará con el dedo; los rapaces la perseguirán a pedradas. ¿Te das cuenta de lo que has hecho?

JUANELO.—*(Triunfal.)* Lo más grande, padre. Más que pescar una liebre en el río, más que cazar una trucha en el bosque. ¡He conseguido que mi mujer guarde un secreto! *(Desperezándose feliz.)* ¡Y ahora, a dormir tranquilo!

ASÍ TERMINA LA FABLILLA

FARSA Y JUSTICIA DEL CORREGIDOR

TRADICIÓN POPULAR

PERSONAJES

El Corregidor
El Secretario
El Posadero
El Cazador
El Peregrino
El Sastre
El Leñador
Dos Alguaciles
Un Ministril.

Sala capitular con estrado. Gran puerta de cuarterones al fondo, ante la cual montan la guardia dos Alguaciles, y otra falsa de acceso al palacio. Preside cualquier Majestad barroca de Castilla

(Entran el CORREGIDOR *y el* SECRETARIO *de audiencias. Hablan de los vinos y manjares con esa tierna malicia que otros, menos curtidos, reservan a las confidencias de amor.)*

SECRETARIO.—Por Cristo vivo que no recuerdo haber disfrutado en mi vida semejante banquete. Bien pregona la fama que en cien leguas a la redonda no hay mesa como la del señor corregidor.

CORREGIDOR.—Cada edad tiene su pecado capital. A los veinte padecí la lujuria; a los treinta, la ira, y a los cuarenta, la soberbia. Ahora, con mis cincuenta corridos, y antes que me llegue la avaricia, que es maldición de viejos, bendita sea esta gula que me libra de tantos males y a la que debo tantos bienes.

SECRETARIO.—Según eso, ¿afirmaría vuestra señoría que la gula puede ser una virtud?

CORREGIDOR.—Sin vacilar. En los años que lleva en mi secretaría, ¿qué le han parecido mis sentencias?

SECRETARIO.—Todo el mundo las celebra como la suma de la bondad, de la sabiduría y la justicia.

CORREGIDOR.—¿Y a qué lo atribuye vuesa merced?

SECRETARIO.—Ante todo, a vuestro noble corazón.

CORREGIDOR.—Error profundo.

SECRETARIO.—A vuestro prodigioso cerebro salmantino.

CORREGIDOR.—Tampoco, hermano. Todo el secreto está en el estómago. *(Mientras sirve licor que un* MINISTRIL *trae en salvilla.)* Un hombre bien comido es siempre un hombre bueno. Un hombre bien bebido es siempre un hombre sabio. El día que a Salomón se le ocurrió la idea de partir a un niño en dos, estaba inspirado por una luminosa digestión. *(Le ofrece un vaso y levanta el suyo.)* ¡Por el único pecado de carne que se puede llevar dignamente a mis años!

SECRETARIO.—¡Por el nuevo Salomón de todas las Españas!

LOS DOS.—Salud. *(Beben y restallan la lengua jurisperita.)*

SECRETARIO.—¿Tostado?

CORREGIDOR.—Demasiado viejo para eso.

SECRETARIO.—¿Solera?

CORREGIDOR.—Demasiado joven.

SECRETARIO.—Entonces, moscatel.

CORREGIDOR.—Tu dixisti.

SECRETARIO.—Bendita sea la cepa madre. *(Beben y restallan de nuevo.)* Y ese plato que hemos comido, ¿no podríais decirme de qué dulce milagro estaba hecho?

CORREGIDOR.—¿No lo adivina aún?

SECRETARIO.—Por momentos sabía a pernil de monte; por momentos, a muslo de volatería.

CORREGIDOR.—Tal vez fueran ambas cosas juntas. Piense en una.

SECRETARIO.—¿Paloma torcaz?

CORREGIDOR.—Demasiado duras; vuelan largo.

SECRETARIO.—¿Perdiz?

CORREGIDOR.—Demasiado flojas; vuelan corto. Piense más alto.

SECRETARIO.—¿Pato salvaje?

CORREGIDOR.—Menos popular.

SECRETARIO.—¿Garza?

CORREGIDOR.—Más noble aún.

SECRETARIO.—¡Faisán!

CORREGIDOR.—¡Bravo, secretario! Ya está desvelada la mitad del misterio. ¿Vamos con la otra mitad?

(Se sientan juntos en plena intimidad confidencial.)

SECRETARIO.—Esperad que recuerde. Olía a campo y a fruta.

CORREGIDOR.—Buen principio.

SECRETARIO.—El sabor era de muerte reciente y en sazón, como de cerdo por diciembre.

CORREGIDOR.—Cerca le anda. Pero ¿y aquella inocente ternura de manteca?

SECRETARIO.—¿Lechón quizá?

CORREGIDOR.—Caliente, caliente. Pero ¿y aquel sabor de carne perseguida?

SECRETARIO.—¿Venado?

CORREGIDOR.—¡Que se quema! Pero ¿y aquel gusto bravío de retama?

SECRETARIO.—¿Jabalí?

CORREGIDOR.—¡Lechón de jabalí con salsa de ciruelas!

SECRETARIO.—¡Alabado sea el Santísimo! ¿Y a qué espera el Cabildo para levantar una estatua a vuestra cocinera?

CORREGIDOR.—¿Cocinera? ¡Vade retro, blasfemo! Si mi cocinera fuera capaz de tal prodigio, ya hace tiempo que sería mi esposa. No, hijo mío; las mujeres se quedan en los platos mostrencos: la olla podrida, la pepitoria o la menestra. Algunas, más audaces, llegan al estofado de liebre con olivas... y hasta hay casos aislados de paella. Pero la cocina artística está reservada al genio del hombre. Y entre todos los llamados sólo hay un elegido...

SECRETARIO.—¡Ciego de mí! No digáis más: ¡Juan Blas el posadero!

CORREGIDOR.—¡Juan Blas el de las Manos de Oro!

SECRETARIO.—Ahora lo comprendo todo.

CORREGIDOR.—Todo no. Todavía queda un detalle sutil. *(Se acerca más. Baja la voz.)* ¿No percibió en el guiso cierto aroma furtivo..., como una trampa en el juego..., como una cita con una recién casada?

SECRETARIO.—Sí, por cierto; un tufillo inquietante.

CORREGIDOR.—¡Ay!... Era el perfume del pecado.

SECRETARIO.—¿Qué pecado?

CORREGIDOR.—Míreme bien a los ojos. ¿Soy yo un hombre honrado?

SECRETARIO.—El más honrado, el más justo, el más incorruptible de los jueces.

CORREGIDOR.—Pues bien, hermano; eso que acabamos de comer juntos era el producto de un robo.

SECRETARIO.—¡Imposible! ¿Su señoría robando?

CORREGIDOR.—Yo pecador.

SECRETARIO.—¿Y yo vuestro cómplice?, ¿yo vuestro encubridor por una hora de gula?

CORREGIDOR.—Es mi talón de Aquiles. Póngame delante una sonrisa de moza o una lágrima de viuda, y me verá impávido. Póngame a los pies todo el oro del mundo, y no me verá doblar la vara de la justicia. Pero no me ponga un lechón de jabalí con salsa de ciruelas porque soy hombre al agua. *(Levanta su vaso.)* ¡Por Juan Blas el posadero, que Dios me conserve por los siglos de los siglos!

SECRETARIO.—Amén.

(Chocan y beben. Se oyen fuera dos tiros, gritos lejanos y la voz de JUAN BLAS *que llega corriendo.)*

VOZ.—¡Socorro! ¡Favor!

ALGUACILES.—*(Deteniéndole.)* ¡Alto!

POSADERO.—¡Que me matan! ¡Piedad para un inocente!

SECRETARIO.—¡Dios de Dios! ¿No es Juan Blas, el posadero en persona?

CORREGIDOR.—Dejadle paso!

(*Los* ALGUACILES *se apartan.* JUAN BLAS *cae de rodillas, temblando, a los pies del* CORREGIDOR.)

POSADERO.—¡Por su alma, señor corregidor, sálveme! ¡Cuatro hombres me vienen persiguiendo, dispuestos a arrancarme el pellejo!

CORREGIDOR.—¿En mi presencia?

POSADERO.—Con la furia que traen son capaces de todo. *(Se oye el griterío llegando a la puerta.)* ¡Ahí están! ¡Muerto soy si la vara de la justicia no me ampara!

CORREGIDOR.—Pronto, secretario, detenga a esos hombres. Y que no entre nadie hasta que yo lo ordene. *(Salen el* SECRETARIO *y* ALGUACILES, *cerrando la puerta. Fuera va calmándose el tumulto.)* Tranquilízate, hijo mío. ¿Por qué te persiguen?

POSADERO.—Por cuatro cosas en que no tengo culpa: un robo, un mal parto, cuatro costillas rotas y un rabo de burro.

CORREGIDOR.—Nunca escuché juntos tan extraños delitos. Explícate.

POSADERO.—Lo del robo, mejor lo sabe su señoría que yo. Es aquel lechón de jabalí que me hizo traerle esta mañana. Imagínese cómo se puso el cazador cuando volvió a buscarlo y se encontró con las manos vacías.

CORREGIDOR.—Era de esperar. Pero ¿no le dijiste que el lechón se había escapado del horno, como te mandé?

POSADERO.—¡Nunca tal hubiera dicho! Echó mano a la escopeta jurando como un demonio, y si no pongo pies en polvorosa, a estas horas está su señoría hablando con un cadáver!

CORREGIDOR.—Comprendo lo del cazador. Pero ¿y los otros?

POSADERO.—Todo lo enredó mi mala estrella. Huyendo del cazador, le rompí cuatro costillas a un peregrino; huyendo del peregrino, atropellé a la mujer del sastre, que estaba embarazada; y huyendo del sastre ocurrió la desgracia más sangrienta: la del burro.

CORREGIDOR.—¿Qué desgracia y qué burro son ésos?

POSADERO.—El burro del leñador. Era mi única salvación para escapar, pero el maldito animal se echó al suelo; yo quise levantarlo a la fuerza tirándole del rabo, y él que no, yo que sí, tanto tiramos los dos, que me quedé de cuajo con el rabo entre las manos. Y ahí están los cuatro como cuatro furias pidiendo a gritos mi cabeza. ¡Defiéndame, señor!

CORREGIDOR.—Calma, Juan Blas, calma. Difícil es tu caso, pero soy hombre agradecido y ¡mal potaje de nabos me dé Dios si no te salvo! Que más le valiera a la República perder sus monumentos y su historia que perder un cocinero como tú.

POSADERO.—*(Besándole las manos.)* ¡Gracias, señor, gracias!

(El CORREGIDOR *sube al estrado y agita la campanilla. Se abre la puerta.)*

CORREGIDOR.—Que pasen los querellantes.

(Entran en tropel, detrás del SECRETARIO, *el* CAZADOR *con su pluma y escopeta, el* PEREGRINO *con su bordón y conchas santiaguesas, el* SASTRE *con sus enormes tijeras y el* LEÑADOR *con su rabo de asno. Los* ALGUACILES *quedan nuevamente en la guardia.)*

CAZADOR.—Ahí está el ladrón. ¡A la picota!

SASTRE.—El asesino de niños. ¡A la horca!

PEREGRINO.—¡Mis costillas..., ay mis pobres costillas!

LEÑADOR.—Mi pollino querido..., mi compañero de fatigas. ¡Mire, señor, este triste despojo!

TODOS.—¡Justicia, señor corregidor!

CORREGIDOR.—*(Imponiéndose a campanillazos.)* ¡Silencio todos! Siéntese el acusado. Siéntense los querellantes. Y oigamos en derecho a las dos partes. *(Alza el brazo, solemne.)* En el nombre del Padre, etcétera, etcétera, ¿juran todos decir, etcétera, etcétera?

TODOS.—¡Juramos!

CORREGIDOR.—Queda abierta la audiencia. Escriba, secretario. *(Se sienta. Los cuatro acusadores vuelven a alborotarse.)*

CAZADOR.—¡Cien latigazos a ese ladrón!

PEREGRINO.—¡Mis costillas..., mis costillas!

SASTRE.—¡Venganza para un padre malogrado!

LEÑADOR.—¡Justicia contra ese arrancador de rabos inocentes! *(Llora besando y acariciando su despojo. Campanillazos.)*

CORREGIDOR.—¡Silencio, repito, o hago desalojar la sala! Que hable el primero.

CAZADOR.—*(Se levanta.)* Yo, señor, soy cazador de oficio. Esta mañana salí temprano al monte y tuve la fortuna de cazar un faisán y un lechón de jabalí, que, juntamente con una libra de ciruelas, llevé al horno de este enemigo público. Tres horas después vuelvo con la boca en agua a reclamar mi guiso y ¿sabe su señoría con qué cuento me sale el muy bribón? ¡Qué se atreva a repetirlo delante de la Justicia!

CORREGIDOR.—Conteste el reo. ¿Dónde están las ciruelas de este hombre?

POSADERO.—Se las comió el faisán.

CORREGIDOR.—¿Y el faisán?

POSADERO.—Se lo comió el jabalí.

CORREGIDOR.—¿Y el jabalí?

POSADERO.—No hice más que abrir el horno y echó a correr hacia el monte como una centella.

CAZADOR.—¿Cuándo se ha visto mayor desvergüenza? Encima del robo, el embuste y el escarnio. ¿No es para mandarlo al garrote de cabeza?

CORREGIDOR.—Calma, cazador, que la ira es mala consejera. Juzguemos serenamente. Por lo pronto, las tres afirmaciones que ha hecho el acusado podrán ser sospechosas *de facto,* pero *in principio* son indiscutibles. ¿Puede nadie negar que un faisán coma ciruelas?

CAZADOR.—Eso no.

CORREGIDOR.—¿Puede nadie negar que un jabalí coma faisanes?

CAZADOR.—Tampoco.

CORREGIDOR.—¿Y puede nadie negar que un animal de monte tire al monte?

CAZADOR.—Pero, señor corregidor, es imposible. El jabalí estaba muerto y bien muerto.

CORREGIDOR.—Nada hay imposible ante la voluntad de Dios. Muerta estaba la hija de Jairo cuando le fue dicho: «¡Dormida estás, despierta!»

SECRETARIO.—San Mateo, capítulo 9, versículo 25.

CORREGIDOR.—Muerto y bien muerto estaba Lázaro cuando le fue dicho: «Levántate y anda.»

SECRETARIO.—San Juan, capítulo 11, versículo 43.

CORREGIDOR.—¿Vas a poner en duda los santos Evangelios?

CAZADOR.—¿Qué importan ahora San Juan y San Mateo.

CORREGIDOR.—¿Cómo que no importan? ¡Anote, secretario!

SECRETARIO.—Anoto. *(Escribe vertiginosamente.)*

CAZADOR.—De lo que se trata aquí es de Juan Blas el posadero. Y yo afirmo que un posadero no puede hacer milagros.

CORREGIDOR.—¡Imprudencia temeraria! ¿No tienen acaso todos los posaderos del mundo el don de transformar el agua en vino como en las bodas de Caná? ¡Anote!

SECRETARIO.—Anoto.

CAZADOR.—Yo no hablo de agua ni de vino, sino de mi jabato al horno. ¡Y lo que yo digo es que la carne al horno muerta está y muerta se queda para siempre!

CORREGIDOR.—¿Qué dices, insensato? ¿Serás también capaz de negar la resurrección de la carne? ¡Anote!

SECRETARIO.—Anoto.

CAZADOR.—Pero señor corregidor...

CORREGIDOR.—¡Silencio! ¿Anotó?

SECRETARIO.—Anoté.

CORREGIDOR.—Lea el folio.

SECRETARIO.—Primo: el deponente confiesa ser cazador de oficio, con desprecio evidente del quinto mandamiento: no matarás. Secundo: declara impúdicamente no importársele un rábano de los Santos Testimonios y las bodas de Caná. Tercio: manifiesta abiertas dudas y recelos sobre el dogma de la Resurrección. Cuarto...

CORREGIDOR.—Suficiente. Lo siento por ti, hijo mío. Podría perdonarte que hayas tratado de difamar a un honrado ciudadano, sin pruebas ni testigos, y hasta que hayas penetrado con armas en el templo de la Justicia. Pero esta herejía in fraganti no habrá más remedio que someterla a la Santa Inquisición.

CAZADOR.—¿La Inquisición? *(Cae de rodillas.)* ¡Misericordia, señor! Yo abjuro, reniego y me retracto de todo lo dicho. ¡Mea culpa, mea culpa, mea máxima culpa!

CORREGIDOR.—¿Tiene algo que oponer el acusado?

POSADERO.—Por mi parte, puede ir en paz. Yo le perdono.

CAZADOR.—Gracias, hermano Blas. Gracias, señor.

CORREGIDOR.—*(Agita la campanilla y se levanta para sentenciar. Todos en pie.)* Vista la conciliación de las partes: devuélvase al posadero la honra y fama que se le había quitado. El primer faisán y el primer jabalí que cobre el cazador tráigalos a este tribunal como descargo. Y previo el pago de veinte reales para ayuda de costas, ásese, condiméntese y sírvase. ¡Digo! ¡Sobreséase, lácrese y archívese! *(Nuevo campanillazo. Se sientan todos.)* Que hable el segundo.

(El cazador vuelve a su sitio y se levanta el PEREGRINO.*)*

PEREGRINO.—Yo, señor, soy un pobre peregrino de vuelta de Compostela. Estaba en la iglesia rezando santamente mi rosario, cuando siento allá arriba en el coro un estrépito de carreras y alaridos como de gatos en enero. No hago más que levantar los ojos creyendo que se hundía el firmamento, y de repente este posadero del infierno que se me desploma encima, rompiéndome cuatro costillas. ¿Qué va a ser ahora de mí, viejo y tullido? ¡Justicia en nombre del cielo!

CORREGIDOR.—(*Encarando, furioso, al* POSADERO.) ¡Ah bestia del Apocalipsis! ¿A un anciano bendito del Apóstol, en plena oración y en plena iglesia? ¿Cómo puedes disculpar tal sacrilegio?

POSADERO.—Yo iba ciego de terror y entré en sagrado buscando refugio. El cazador me persiguió con la escopeta escaleras arriba. No me quedaba otra salida que saltar la baranda. Entonces cerré los ojos y... ¡zas! ¿Quién podía imaginarse que este santo varón estuviera debajo?

CORREGIDOR.—¡Basta! Has incurrido en pecado de profanación y la ley ha de ser inexorable. ¡Ojo por ojo, costilla por costilla! Vete ahora mismo a la iglesia y arrodíllate a rezar el rosario. Tú, peregrino, súbete al coro, cierra los ojos y tírate sin miedo encima de él.

PEREGRINO.—Pero, señor corregidor, ¡son siete varas de altura!

CORREGIDOR.—Mejor: cuanto más alto el coro, mayor será el castigo.

PEREGRINO.—¿Y si no atino y caigo en las baldosas? ¿Y si en lugar de sus costillas se rompen otras cuatro de las mías?

CORREGIDOR.—¡Cómo, hombre de poca fe! ¿Vas a dudar del juicio de Dios?

PEREGRINO.—¡No! No es la fe lo que me falta. Pero, pensándolo bien, con las costillas que me quedan, todavía puedo arreglarme. ¡Y es tan cristiano sufrir y perdonar! Si el señor lo permite, prefiero retirar la demanda.

CORREGIDOR.—¿Tiene algo que oponer el acusado?

POSADERO.—Nada, señor.

CORREGIDOR.—En ese caso... *(Campanillazo, y todos en pie.)* Visto el mutuo consenso y la cristiana renunciación del demandante: por esta sola vez, y sin que sirva de precedente, autorícese al peregrino a seguir viaje, libre de toda costa, caución y emolumento. Sobreséase, lácrese y archívese. *(Se sientan.)* Que hable el tercero.

(Vuelve a su sitio el PEREGRINO *y se levanta el* SASTRE.*)*

SASTRE.—Yo, señor, soy sastre de tijera, como puede verse. Hace siete años que me casé soñando con un hijo a quien dejar mi oficio y mis ahorros, pero el fruto esperado no llegaba. Nos pasábamos las noches enteras rezando juntos, y nada. Las comadres acudían con hierbas, ensalmos y jaculatorias, y nada. La llevé a las benditas aguas de San Serenín del Monte, y tampoco. Ya empezaba a desesperar, cuando por fin el milagro se hizo. ¡Imagínese mi gozo! Día por día le medía la cintura, bendiciendo cada nueva pulgada y considerándome el más feliz de los sastres padres...

CORREGIDOR.—Conmovedora historia, pero al grano, al grano.

SASTRE.—Pues el grano fue que este mediodía íbamos juntos a la iglesia a dar gracias al cielo, cuando, de repente, la puerta que se abre de golpe, este energúmeno que sale como una tromba estrellándose contra mi mujer, y entre el encontronazo y el espanto, ¡mi trabajo de siete años perdido en un minuto! ¡Justicia contra el asesino!

POSADERO.—¡Soy inocente! Si yo hubiera sabido que tu mujer estaba en vísperas, antes me hubiera dejado arrancar los ojos que rozarla siquiera. ¡Perdón, hermano sastre!

SASTRE.—Nada se arregla con perdones. Esta mañana yo era un hombre feliz y ahora soy un desdichado. Esta mañana mi mujer estaba llena y redonda como una manzana, y ahora está floja y escurrida como un odre. ¡Justicia, señor corregidor!

CORREGIDOR.—¡Ah, miserable posadero! ¡De ésta sí que no te salvas! Llévate a tu casa a la mujer de este buen hombre, y no descanses hasta devolvérsela llena y redonda como estaba. ¡Pronto!

POSADERO.—*(Levantándose resuelto.)* ¡Vamos!

SASTRE.—¡Alto ahí! ¡Protesto la sentencia!

CORREGIDOR.—Protesta rechazada. Si este infame te ha arruinado una cosecha, ¿no es justo que te devuelva otra cosecha?

SASTRE.—Me niego. ¡Es una injusticia manifiesta!

CORREGIDOR.—¿Insulto a la autoridad? ¡Veinte reales de multa por desacato al Tribunal!

(El SECRETARIO *escribe vertiginosamente consumiendo folios.)*

SASTRE.—No me importa el precio. ¡Todos mis ahorros con tal de ver a ese desalmado en la picota!

CORREGIDOR.—¿Intento de soborno? ¡Cuarenta reales!

SASTRE.—*(Desesperado, buscando amparo en la conciencia popular.)* ¿Oyen esto, vecinos? ¿Puede consentirse este atropello?

CORREGIDOR.—¿Incitación a la rebelión? ¡Ochenta reales!

SASTRE.—¡Apelaré a Su Majestad! ¡Si es necesario, llegaré hasta Roma!

CORREGIDOR.—¿Colaboración con una potencia extranjera? ¡Ciento sesenta reales! ¿Tienes algo más que alegar?

SASTRE.—*(Calmándose de repente.)* Nada, señor, muchas gracias. Sólo quisiera hacer constar humildemente —sin alevosía ni ensañamiento— que, en cuanto al posadero, renuncio a toda restitución en especie. Mis cosechas prefiero sembrármelas yo mismo.

CORREGIDOR.—Puesto así, puede considerarse. ¿De acuerdo el acusado?

POSADERO.—De acuerdo.

CORREGIDOR.—Conciliadas las partes. *(Campanillazo y en pie.)* Veinte, cuarenta, ochenta y ciento sesenta, trescientos reales redondos. Páguese, cóbrese y embólsese. *(Se sientan.)* Que hable el cuarto. *(El* LEÑADOR *se levanta confuso, escondiendo su rabo. Vacila. De pronto echa a correr hacia la puerta. Los* ALGUACILES *cierran el paso.)* ¡Alto! ¿Adónde va ese loco?

LEÑADOR.—Es tarde y tengo que llevar mi leña al mercado.

CORREGIDOR.—Aguarda, hijo. Primero tienes derecho a que se te escuche y se te haga justicia. ¿No traías una acusación contra ese maldito posadero?

LEÑADOR.—¿Una acusación yo? ¡Jamás! Yo juro y perjuro por toda la corte celestial que mi burro nació sin rabo, que toda su vida vivió sin rabo, y que sin rabo ha de morir en paz y en gracia de Dios. ¡Con licencia, señor corregidor! *(Sale corriendo.)*

FIN DEL RETABLO